U0048389

# 死亡
# 藍調

# DEAD
# GIRL
# BLUES

Lawrence
Block

勞倫斯・卜洛克——著
劉麗真——譯

一個男人走進酒吧。

一般，故事不就是這麼開始的嗎？比較特別的是敘述的字句蕩漾著一股都會風情。隔壁的酒吧、城裡的酒吧、雅緻的酒吧、機場的酒吧，喝一杯安撫登機前的抽動。通勤者的酒吧，就在地鐵站的對面，方便上車前來一杯。

這一家，你頂多稱之為公路之家（譯註：通常開在城市外圍的公路旁，供應烤肉、酒類飲料，建築一般走德州鄉村風格），可能在貝克斯福爾德（Bakersfield）的邊緣。在加州，至少這個貝克斯福爾德在加州。在其他州，想來還有別的貝克斯福爾德。

我想，你也不妨查查看。

再想像一個一畝大的空地上，聳立一棟破敗頹廢的水泥建築。有很多停車位。有很多霓虹燈。但我不能告訴你上面寫什麼。

點唱機裡面盡是鄉村與西部音樂。男人戴著牛仔帽，女人吹成大波浪的捲髮。每個人都穿靴子。

我一走進去，脈搏頓時加快。我的頭上沒戴牛仔帽，腳下沒穿皮靴；但看來，我屬於這裡。穿著我的工作制服——深藍色長褲，搭配襯衫，在胸前的口袋上，用黃色的線繡著一個名字。

繡工很差，辨認格外吃力。但是，你費點功夫，還是看得出上面寫著巴弟。這不是我的名字，也沒人這麼叫我，除了偶爾有人叫我移車的時候（譯註：buddy，巴弟也是兄弟夥伴的意思，也有人用來稱呼陌生人，以示親熱）。這件襯衫之前的主人在太陽石油加油站工作。我不在乎。穿得還挺合身的。如果我在幫你加油的時候，聽到巴弟兩個字，我會知道你在叫我。

我走近吧台，點杯啤酒。我一般點美樂。美樂高尚生活（Miller's High Life），但我看到吧台上一整排的啤酒龍頭，決定點點別的。寂星（Lone Star，譯註：這幾乎就是德州的州酒了）？也許。

隨便吧，反正酒保端了杯什麼給我。取走了我的鈔票，找回的零錢放在吧台上。已經有一陣子，沒人要求我出示證件。我那時幾歲？二十五？二十六？

我想我淺啜了一口啤酒。隨後開始東張西望，見到她就在遠處。

我身邊只有酒保一個人。我說不上來酒保是老還是年輕，是胖是瘦。甚至不確定是男是女。我想應該是個男的吧。否則我的印象會是另外一個模樣。

也許也未必。

這女人，頭髮是中等棕色，夾著幾縷金髮，頭髮吹過，是她全身最蓬的地方。她的個頭很小，身材苗條。穿著一件圓領襯衫，看起來寬寬鬆鬆的。緊身牛仔褲。高跟皮靴，讓她的身高看來接近一百六十公分。

醉了。

「再幫你點一杯？」

她茫然的看著我，努力分辨她認不認識我，然後，斜睨著我胸前的口袋。「嘿，這不是巴弟嗎？」她說。

我是誰？我為什麼要跟你說這些？

我現在是一個坐在電腦前的男人，不斷敲擊鍵盤，用盡力氣搜尋適合的字眼之餘，還得為模糊的回憶對準焦距。我是個活在眼前的人，觀察、追憶，儘管我也是個活在過去的人，在我的小劇場裡演出。

我到底是誰？為了什麼？

就算我再努力，也不確定，這些問題能在故事裡找到答案。

我沒有理由請她再喝一杯，酒保也沒有意思再賣她一杯酒。她已經醉態可掬。

她喝她的酒。一杯葡萄酒？還是一杯調酒？我說不上來。就像我也記不清楚我們倆當時究竟說了些什麼，又是怎麼走出去的。我把車停在停車場最偏遠的角落，我們一路熱吻，走到車前，意猶未盡。

她喝的是葡萄酒。紅酒。我現在想起來了。她的嘴巴裡有紅酒的味道。

我緊緊的扣住她的屁股，狠狠的捏了一下。很緊實、很可愛。她搜尋我的褲襠，握住她找到的東西。

然後我們進到車裡。再度親吻，我啟動引擎，離開停車場。附近可能有情人巷，這種地方周邊肯定有。但我以前沒來過這裡，連上哪兒去找都沒概念。我先開這條路，再開那條路，只要看到比我開的這條更窄、更冷清，我就轉彎。我根本不知道我在哪裡，也不知道該在哪裡停車。路邊幾碼處有一片草地，除了朦朧的光線，穿過夜色撒下，別無亮點。

當晚是滿月？是新月？夜色清朗，所以看得那麼遠？你也可以抬頭看看。

好些事情我記不得了。

好些事情，她也記不得了。就在我開車的時候，她沉沉睡去，不勝酒力。

我關掉引擎的時候，她抖了一下，但還是沒醒過來。我在後車廂找到一條毯子，鋪好。感覺起來不怎麼乾淨，但一定比躺在光禿禿的地上舒服。

真是體貼。總是那麼紳士。

我們倆都沒繫安全帶。我打開她那邊的車門，穿過她的腋下，把她抱出車廂。我還沒走到毛毯，她醒了過來。看我的神情，很顯然，根本不記得曾經見過我。

她說，「你他媽的是誰？」

「巴弟。」我可能這樣回答吧，我自己也不確定。我根本沒機會知道她的名字，她又忘了我叫什麼，更何況我也不叫這個名字。其實，我根本不在乎我們倆姓啥名誰。我只想把她放在毯子上，幹她。

如果回到公路之家停車場，我大可把她按在柏油路面上，用各種方式把她幹到翻過來，想來她也甘之如飴。但那個女孩消失了，取而代之的是滿口尖酸刻薄的婊子，百般的不情願。

我的腦子裡，滿滿都是：喔，好！

我的左手握緊她的肩膀，右手緊扣成拳，朝她的下腹部，狠狠的揍下去，落在她肚臍上方大約三英寸，擊中誇張的皮帶扣環上方，沒傷到我的手。太陽神經叢（solar plexus），我猜你會這麼稱呼那個地方。

她疼到喘不過氣，整副身子蜷了起來。我以為她會吐，但她沒有。我握緊拳頭再次重擊，這一次落在她的太陽穴上。

她再也無法承受了。

這種境況，有人可能會形容成，隨後，外界為之一黑。或者為之一紅。整個世界看起來都是血般的鮮紅。

或者，這是我最後記得的一件事情。

也許他們講的是事實。也許外界真的為之一黑。也許這只是他們記憶所及的角落。

我不一樣。你可以說這是我記起來的第一件事情。在公路之家停好車，點了啤酒，想請她喝一杯——印象都模模糊糊，只是根據常理推斷出可能發生的事情罷了。但在她生命之燈熄滅的那一剎那，我的意志就此清明起來。

你究竟是誰？我跟你講這些幹嘛？

這問題問得有些蹊蹺，是不是？膝蓋的直覺反射就是：我是寫給我自己看的，說明這個人活了這些年究竟做了什麼事，當然，這是真的。

但這不全是實情，不是僅有的真相。如果我自己是唯一的讀者，為什麼還要東拉西扯，解釋我已經知道的經過？幹嘛翻來覆去的用文字去炫耀？

為什麼一個人揭開難堪過去的時候，顯得這樣遲疑呢？非得硬起心腸，才寫得下去？

於是，我預見了你，親愛的讀者，無需花費太多心力去揣想你是誰。事實上，非常可能，我寫的這些，永遠不會有人讀到，這樣也挺合適的。眼前，只是一連串的電子脈衝，存在硬碟某處。今天，我按了儲存鍵，先存檔；下一次，我發現這個檔案，打開，才會再次更新。

我在任何段落，都可以畫下句點——或者在中間，甚至，拿定主意，就停在這裡——大可把檔案扔進垃圾桶，或者，往雲端天堂一扔。如果我對於科技的了解沒錯，奧馬．開儼（Omar Khayyám，譯註：波斯詩人、天文學家）有首詩，描述手指運筆揮灑（譯註：那首詩的原意大致如下：手指運筆如飛，文句傾洩而下，不過滿紙荒唐，既未彰顯對神的誠敬，也沒有展露智慧的語鋒；我禁不住誘惑，想要刪去半行，卻淚如雨下，一字不捨）之後的敝帚自珍，用於坐在電腦前搜索枯腸的作家，也是完全貼切吧。「淚如雨下，一字不捨」。真是根深柢固的老毛病。

當然，我可以取出硬碟，一榔頭砸了。我也可以索性把整部筆電扔進河裡。

假設我沒那樣衝動，假設我把故事寫完，靜候讀者批評指教，那麼，誰會是我的讀者呢？還真不知道。是執法單位的某位官員？是認識我的，甚至關心我的人嗎？還是什麼我在意的人？

話又要說回來，我跟你扯這個幹嘛？

也許我們心裡都有數，你跟我。

她醒過來沒多久，我已經把她放在毯子上，開始解襯衫的釦子。她的眼睛張開，盯著我看。她憤怒，她恐懼，兩者不分軒輊。

我躺在她身上，硬得跟石頭一樣，血液不斷撞擊我的耳朵。我想要把她的牛仔褲拉到大腿處，她卻不住的扭動，想要掙脫我的控制，很煩，但更刺激了。

我想要幹她，我想。但我更想要殺她。我想要殺她，渴望無可比擬。

我用雙手扣住她的脖子。

她的眼睛睜得更圓了。我覺得眼珠好像是藍色的，也可能真是藍色，但我懷疑那時夠亮嗎？真的分辨得出來？

她知道自己的下場了，想要叫，卻叫不出聲。我整個人壓住她的身子，我可以感受到小小的軀體在下面扭動。我的手越收越緊，鎖住她的喉嚨，使盡我最後一滴力氣。自始至終，我都看著她的臉。

當然，我也看著最後一線生氣，從她眼中消失。

天啊，這感覺！

就像是心靈上的高潮。就是一陣酥麻，只差快感不是來自下體。我還是硬得跟大理石一樣。我迫不及待，想要進入她，把全部的自己，射進她的身體，在我心裡，湧現某種逼近欣喜若狂的感受。

現在她是我的了，隨我怎麼折騰。我先把靴子扯下來，剝掉她的牛仔褲，扯下內褲，扔到一邊，再來處理她的襯衫跟胸罩。

胸部小小的，好可愛。小腹平坦。我用手指按住她的太陽神經叢，用點力氣，但她並無知覺。

她什麼都感受不到了。

我強行進入她的身體，幹她，感覺比她活著更熱、更美味。不需要控制她，不需要擔心她放聲大叫。不需要考慮她會怎麼想我。

我現在只需要用她的身體取樂就成了。

回憶起來並不難。事實上，我可能記得太清楚了。這一幕不斷的在我心頭循環。在我的記憶銀幕上，一再上演我最心愛的電影。

我這麼做，不是因為我忘記故事怎麼結束。我這麼做是因為記憶，就跟當時一樣，刺激層出不窮。過去的意外轉成現下的幻想，依舊能勾起性慾，跟想像一樣隨著時間不斷改變。甚至，踵事增華，變得更加完美。

也許她有大叫？有哀求？也許，為了自保，她願意幫我吹？她的口技實在好，讓人沒法喊停；但扼住她的脖子，更好。

諸如此類。

修去枝枝節節、劈開迷霧，顯現事實，我姦屍，爽快的程度超過先前任何一次高潮。我倒在她的身體上面，還在她的裡面；人事不省，兩或二十分鐘，等我醒過來，還是硬梆梆的，對，實在忍不住，我又幹了一遍。

然後，終於，我了解我幹了什麼。我把一條蓬勃的生命，整成死氣沉沉的屍體。我取走她的性命，一條無辜的性命——無論在她短短的有生之年，做過什麼事情，在本質上，都無礙於她的無辜。

一個男人走進酒吧，一個小時後，一個女生死了。

現在怎麼辦？

自保的念頭支配了我的行動。後車廂裡有把鏟子，在我早期的幻想裡，我會用它去掘一個墳墓。但這只是空想。掘墳起碼得花好幾個小時，我沒那時間。這一路上都沒人煙，月色並不是昏暗到伸手不見五指，我壓在她身上的時候，至少有兩部車，疾駛而過。

她當然值得一個合宜的基督教葬禮，遲早會有的；不過不是現在，不由我辦。我站起身來，環顧左右，在道路的另外一邊，有片樹林。我把她抱起來，扛在肩膀上，穿越馬路，沒有車燈照明前路，穿過一片黑暗，來到林子裡，現場目擊的只有貓頭鷹。

貓頭鷹有呼呼作聲嗎？一度吧，但僅存在我的想像裡，在我不斷重播幻想時，一度聽到。但不在當場，不在我的肩頭還能感受體重的時候。據說，死後身體會重一些，儘管我一直想不明白道理何在；但無論生前死後，她都是一個個頭小小的苗條女性，也沒有多重。我在林子裡走了二三十碼，輕輕的把她放下，背部貼著地面，兩手規規矩矩的放在身體兩側，雙腿併攏。

有的時候，在幻想裡，事發在秋天。我用落葉蓋住她的身體。但其實，那是五月中，樹葉還好端端的長在樹頭上。我一度動念回去收拾毛毯跟被我剝掉的衣服。那條毯子會不會讓警方追到我頭上來？她的衣物裡有沒有線索？真的有必要多跑一趟，再回來？

我就讓她赤裸裸的躺在那裡。我闔上她的眼睛，這是我從電影裡看來的，跟著醫生依樣葫蘆。我移動她的雙手，交疊蓋在太陽神經叢——也許是巧合吧，也許也不是。

我走回停車的地方。把毛毯、她的皮包，跟身上的所有衣物，扔進後車廂。我浪費一點時間，把所有的東西收在毛毯底下，萬一遇上警察盤查，也不至於一眼就被看見。

無聊。除非用來遮蔽我的注意力——這更無聊了，難道我還會忘記它們放在那裡嗎？

我在車子周遭兜一圈。打開車燈一會兒，仔細檢查現場。她死去的地方、我幹她跟殺她的地方。

殺她跟幹她，這樣講比較精確。

有件事情你可能不知道。當時的我也不知道。我不是暗示你可能跟當年的我一樣無知，絕無此意。

情況是這樣：強暴跟謀殺，其實是天生一對，先後順序總是這樣。

但這也不是說：我是第一個或者最後一個，先殺後姦的人。如果你連這個都不知道，就去怪媒體吧。它們很少報。總要比尋常的現象再特殊一點，更能繪聲繪影一點，才具有新聞性。

有關這件事情，我還有更多的故事可以告訴你；不過，等會兒無妨。

我的車燈照不了多遠。就算我在強暴她時，留下什麼痕跡，我也找不到。但我的確注意到一件事情：或許她是第一個死在這裡的人，但我跟她絕對不是在這裡做愛的頭一對。數了數，我看到五個保險套，用過，隨手一扔，其中一個還壓在我拿她取樂的毯子底下。

我想我不用多廢話了吧。五個保險套裡面，當然沒有我的。我不怎麼擔心死去的女生還會懷孕。

我把剛才開到這個地方的路徑倒過來，慢慢離開現場。我不知道我在哪裡，只好先開在泥巴地上，有機會就轉上柏油路面，從冷清的小路，接到熱鬧的大街。持續前進。

我在廉價旅館待了七天，付清整週的折扣房價，一早就退房，因為我已經準備辭去當時的工作，就此上路。我停在公路之家，只想找個女人，要不是因為她紅酒喝到斷片，我是打算找間汽車旅館，開個房間，在舒服的床上做。她日後也許再也想不起當天晚上的遭遇，但至少醒來以後，還有脈搏。但她喝到那種地步，茫到人事不省，我放棄了原先的計畫。

怪罪犧牲者？不不，絕對沒有那個意思。她的行徑改變隨後的發展，但這並不是她的錯。我就這麼開著車，一直開上高速公路，左顧右盼，想找個地方打發剩下的夜晚，但我心思澄明，非常清楚是誰的錯。

我的。怪不得別人，是我的錯。

終於找到一家汽車旅館，估計已經開到貝克斯福爾德北邊一百公里的地方。我付現金，準備在登記卡上，隨便簽個約翰·史密斯，但櫃臺後面那傢伙，根本沒要我登記。如果我不登記，這二十美元就落進他的荷包，不會算在他老闆的進帳上。

我無所謂。

第一件事情是洗個澡。浴缸裡有好幾處污點，水壓跟你期盼的不一樣；但我還是轉到熱水，準備在蓮蓬頭下面待一輩子。等我實在耐不住，用旅館備好的兩條小毛巾，盡可能把身體擦乾，接下來，再用枕頭套補強。我打開冷氣機，製造點聲音，儘管房間也沒因此涼快多少，在床上伸展四肢。

天啊，我的老天爺啊。我殺了一個女人。我是殺人犯。而且是很蠢的殺人犯。任何人只要打開我的後車廂，眼神機伶點，不難發現毯子底下的秘密，找到她的衣物。還有她的皮包，裡面自然少不了她的身分證件。

他們一旦逮到我，審判後定讞。在加州，意味著得進毒氣室。

我躺在那裡，等著他們破門而入。

我得轉換心思，找點什麼別的來想，所以，我不再模擬犯行可能招致的下場，改來回味我的所作所為。把她打昏。拖進車裡，拖出車外。壓在她的身上，用我的體重制伏她，讓她無法動彈。我的手箍住她的脖子。掐住、扼殺、窒息。這些洩足獸慾的動詞，聯手往她身上招呼；直到我把她眼中的最後一線生機，榨乾為止。

隨後我扒光了她，強行進入，辛苦一場，好好享受成果。

我脫個精光，躺在床上，淋浴完，頭髮還是濕的，我開始手淫，不是幻想，而是回想，讓實際發生的事情，在我腦海裡一幕幕浮現，不過是幾小時之前的事情。一件讓我懊悔至極的錯事、一件可能會讓我付出生命代價的錯事——一件就連回憶，都會讓我失控的錯事。

再一次高潮。已經是今晚的第三次了。之後，我感覺到一波難以言喻的沮喪，但我無法確定。我只知道我立刻就睡著了，睡得很沉，沒做夢。

醒來之後，再次淋浴。昨晚用過的毛巾還沒乾透，我索性用床單把身體擦乾。我想起自己是怎麼對她的，試著把記憶推遠一點，不讓自己受到干擾。

我想也沒想，套上昨天穿過的衣服。我把她的味道從身體洗去，但衣服上，還依稀殘存。我不確定做何感受。

我想起毒氣室。有沒有方法逃過一劫？

我在路上瞎晃，不確定自己到底在找什麼，在一個小購物中心裡，我看到慈善機構的回收箱。誰會費心思檢查捐贈品？誰會花時間盯著衣物看？不就是洗一洗，找個地方便宜賣了？某處的某個女人會穿上死人的衣物，一輩子也不知道。

我在回收箱旁停好車，打開後車廂，一度有點恍惚：也許我掀起車蓋，發現裡面是空的，衣物不翼而飛，證明我的記憶根本子虛烏有。

對啊，最好是。

我把她的衣服扔進去，還附贈一條毯子。她的皮包怎麼辦？黑漆皮，邋裡邋遢。

我必須要先翻一下，取出她的身分證件，但我現在不想這麼麻煩。

我所有家當都放在後車廂的背包裡。打開拉鍊，取出換洗衣物。用車身擋著，遮住過往駕駛的目光，脫個精光，換上乾淨的衣服。換下來的衣物——巴弟的襯衫，配套的長褲，還有內衣——跟她的一起，扔進慈善機構的回收箱裡。

換別人去當巴弟吧。

我上車，揚長而去。

我開在洛杉磯與舊金山之間，大約是在聖塔芭芭拉吧，突然驚覺，離開加州，存活的機會可能高一些。接下來一兩週，我不停的打轉——內華達、科羅拉多、新墨西哥，然後再度往西，前往亞利桑那。大部分城市裡的報攤都有賣外地報紙，我買了兩份會報貝克斯福爾德大小事的報紙，《加州人報》與《新觀察者報》，看看當地有沒有發現無名屍，或者有人在尋找辛蒂．羅希曼的下落。

我知道她的名字，是因為我翻過她的皮包。我在她的皮夾裡找到九十二元，燒掉寫有她名字的所有證件。把空的皮包扔進垃圾桶，空的皮夾扔進另外一個垃圾桶。

就算是有人報警，但是，貝克斯福爾德當地的記者不知道，新聞也不會刊登出來。一個人，單身女性、交遊不多，突然消失了——可能會有人刊印失聯通報，姓名、特徵，張貼在區域醫院裡，但這哪能勞動記者大駕去報導呢？

在我用雙手勒斃她八天之後，兩名健行者發現屍體。一天之後，《新觀察者報》報導了她身分，透露警方正在以他殺分案調查。

你想呢？

這個時候，我在亞利桑那州坦佩，四十元一週的汽車旅館暫且棲身。白天，我在搬家公司打工；每週三個晚上，在城裡的破落區塊，擔任酒店店員。我一直覺得持槍歹徒衝進來搶劫，只是時間問題；如果他不滿意收銀機裡的現鈔，朝著店員開上一槍，大概也不稀奇。

公平。還有一件事情大概也是時間問題。兩個制服員警，敲我的房門。他們犯不著非找到慈善機構的捐贈衣物，或者扔在垃圾桶裡的皮包、皮夾，七拼八湊的循線偵察；只要有人說：對啊，她跟這個年輕男人走出去了，大概跟我的身材差不多吧。就會有人搭腔：對對對，我見過這兩個人。他穿了一件太陽石油加油站的襯衫，口袋附近還繡著名字。叫什麼來著？巴弟。上面繡著巴弟。然後他們再跑去太陽石油加油站查詢，有人還記得這個在口袋上繡著巴弟的人物。這傢伙原本工作還算正常。有一天忽然不見了。當然，襯衫也沒有歸還。

一個點，扯出一串線索。總是這樣的。

我一直等著警察敲門、等著世界瓦解、等著走向毒氣室的漫漫長路與人生的終點。在我忙活完這個、忙活完那個，坐在旅館房間，心頭總不免想起毒氣室。我唯一的印象來自電影《我要活下去》（*I Want to Live*），蘇珊・海華（Susan Hayward）飾演芭芭拉・葛蕾翰（Barbara Graham），此人遭遇真的很離奇。我沒法確定這是真實故事改編，但我寧可相信確有其事。

咱們走著瞧吧。

我每天都會買一份貝克斯福爾德的報紙，彷彿記者比我更早知道我被逮捕一樣。但我鮮少看到辛蒂・羅希曼的消息，偶爾在報紙屁股，看到一欄簡訊，說貝克斯福爾德警方在州警的協助下，持續追蹤不特定的線索。破案只是時間問題，他們總是這麼說，連我都會背了。

報紙主要的篇幅集中在即將舉行的加州初選。這個國家在十一月要舉行總統大選，加州被民主黨候選人視為搖擺州。六月五號選民走進投票所，就在候選人羅伯特・F・甘迺迪宣布勝選之後的幾小時，卻被一個小個頭暗殺了。凶手太欣賞自己的名字了，所以，連名帶姓的取了兩遍（譯註：他叫做索罕・索罕〔Sirham Sirham〕，是巴勒斯坦移民）。好在他是在洛杉磯犯下暴行，而不是，比方說，瓦拉瓦拉（Walla Walla，譯註：這個城市在華盛頓州）。

一九六八年，那時候。許多年以前的往事了，我現在說這個故事，你應該推論得出：警察根本沒有找上門來，我逍遙法外。

我也是過了好一會兒才相信。看來我可以重新開始我的人生。但我真能信任這種莫名的好運道？我怎麼樣才知道這不是老天爺開的大玩笑，哪天讓驀地竄出的冒失鬼，一舉踢翻我苦心經營的安穩日子？

我是說，我殺了一個女孩。難道沒報應嗎？

你說呢？

日子一天天的過去。我大致也明白箇中原委。甘迺迪死於非命，震驚社會大眾，早就把羅希曼姦殺案拋到九霄雲外去了。加上她沒有親朋好友不斷督促貝克斯福爾德警方積極偵辦，慢慢的，也就沒什麼人理會了。

我很難知道究竟發生什麼情況。幾乎都要投降，接受法律的制裁了，我知道我罪有應得；但從眼前看來，我大概已經成為漏網之魚，緊張的心思，逐漸鬆弛，開始習慣起來。

我的生活變正常了。但我在這安穩的日子裡，要幹什麼呢？

目前，我還是該幹什麼幹什麼。做的是人們口中的「打零工」，晚上在酒店上班。六月初的時候，一個客人在打烊前走進來，花很長的時間挑威士忌。

我知道這傢伙有點問題。

我正在等另外一個顧客離開。他有條腿瘸了，每天晚上這個時候，都會來店裡盤桓一下，挑瓶一品脫的辛雷威士忌。他大可買一夸脫的大瓶（譯註：一品脫大約473cc.，一夸脫是950cc.），對他已經行將報廢的臀部來說，至少可以減少百分之五十的折磨。但也許這讓他有藉口每天出門走走。

他一拐一瘸的走出去，門才剛剛在他身後關上。「有問題」先生一手拿著還剩五分之一的起瓦士，一手拿著槍衝到櫃臺前。

這他媽的是什麼玩意兒？才剛剛脫離虎口，又一個陷阱擺在你的眼前。

我火氣飆升，根本感覺不到害怕。「喔，你來啊，開槍啊！」我跟他說，順手從架上取出一瓶酒。「來啊，王八蛋，你當我是孬種？」

我直直的朝他逼近，揮舞著酒瓶，等待槍聲響起的那一刻。但他拋下槍，抓著起瓦士酒瓶，落荒而逃。

我還真不知道拿那把槍怎麼辦。打電話報警？不，我不想。我把槍撿起來，小心翼翼，不要留下我的指紋，或者破壞他的指紋，放在櫃臺底下的格子裡，旁邊就是店主人預置的警棍。我大可用警棍防身，沒理由拿酒瓶亂揮，但如果一開始我的腦筋就這麼清楚的話，乾脆高掛免戰牌，讓他搜刮收銀機就好了。

打烊之後，我鎖好門，找個裝葡萄酒或者威士忌的紙袋子，放好那把槍，離開。我不知道要拿它幹什麼，只覺得不帶走，放在店裡，可能會惹來更大的麻煩。我開車回汽車旅館，淋浴，上床，等著心思靜下來以後，恐懼海浪般的打來。但，毫無動靜。再一次，我知道我平靜的日子回來了，但我打算幹什麼用呢？

我想到辛蒂・羅希曼。她的日子沒回來，再也回不來了。我經常想起她，編造不同版本的結果。有的時候，我克服罪惡、羞恥與絕望，渴求已經做出的壞事，能夠一筆勾銷。但在其他時候，又感受到無邊無際的瘋狂喜悅。

這一次，可能是看到槍管，受到刺激，性慾席捲，裹住了我。我又召喚出凶案現場，不過，這次我要叫著她的名字；當然，那時我還不知道她叫什麼。在幻想中，我用膠帶貼住她的嘴巴，掐住她的鼻孔，盡情的玩弄，看她痛苦掙扎，吸不到氣。一遍又一遍，直到她的扭動撩動我的興奮，雙手箍住她的脖子，就跟我以前做的一樣。

諸如此類。

美味，整個過程享受至極。真實的回憶，幻想中增添的強化細節。無論我確實感到多麼後悔，這已經成為我的一部分。

永遠甩脫不了。

我是不是該再去找間公路之家，挑個爛醉如泥的年輕女子？也許我讓這個活得久一些，讓她掙扎，讓她知道接下來會發生什麼事情。也許先幹她，再殺她。

也許不要。也許隨機應變比較好。

我把自己想成一個連續殺人魔。要過好幾年後，這個名詞才會流行開來。（但這種行徑起碼存在幾個世紀之久了，也許永遠也不會消失。該隱在自謀其力後，闖下大禍，後人要怎麼評說呢？（譯註：該隱是夏娃與亞當之子，因嫉妒，殺死自己的弟弟亞伯，後人「發現」他是世上第一個殺人犯。）語言要花點時間，才能跟上。

我的意思是：對我來說，這不是最合邏輯的行為嗎？我犯下如此惡行，還能盡情享受，心蕩神馳，完全出乎我的意料。我已經不知道花了多少清醒的時間（老天爺才知道又花了多少做夢的時間）去回味過去，從記憶裡反覆咀嚼，在幻想中不斷強化。辛蒂．羅希曼一次又一次的死去，一次又一次的我把自己的種，射進僵硬的屍體裡，一遍又一遍。

她，會不會有一天喪失吸引力？

一個男人走進酒吧。

鬧區的酒吧。在辦公室上了一天班，來這裡消遣鬆弛一下。隨著白領逐漸散去，客層變了。每天都得來上幾杯的酒客、來這裡搜尋寂寞信號的男男女女。不時出現半職業的妓女。

我去過那裡幾次，探勘情況。總是一個人坐在吧台，永遠點一杯威士忌蘇打。除了點酒，也從來不開口。絕對不說、不做任何會引人注意的事情。

心頭卻不斷盤算。腦裡只有一個念頭：帶幾個女性客人回家。在我的幻想中，有個經常出現的角色，開車送孩子去踢足球，或者去接到朋友家玩的另外一個孩子前，一個家庭主婦進來速速的喝上一杯。MILF（譯註：Mother I'd like to fuck，我想要上的熟女），現在你可能會這麼稱呼她，但當時還沒有出現這個名詞。酒吧裡面有很多MILFs，只是沒人知道可以用這種縮寫稱呼她們。

就像連續殺人魔。族繁難以備載，不過當時還不流行這麼叫。

她比辛蒂・羅希曼高一些，老上幾歲，身體也豐滿得多。紅色的頭髮有些可疑，就像是地毯跟帷幔搭配不上似的。

無所謂。她很辣，有一種不安分的氣質，更具吸引力。

就是她了。

她的孩子一定要踢足球嗎？我覺得那個時候，足球並不是太風行的運動，尤其是在亞利桑那州。我也不覺得她會在下午打發孩子到朋友家去玩。孩子也許是打棒球吧。他的妹妹在朋友家做功課。

好像這有什麼要緊似的。

踢足球、到朋友家玩。MILFs——還是應該拼成MILVES（譯註：大部分的英文以f或fe結尾，複數會改為ves）？

連續殺人魔。

一個男人走進酒吧。夢想中的MILF就在那裡，獨自一人。坐在一張小桌子後面，眼前的酒杯幾乎空了。

我在吧台點了J＆B蘇打水。「再給我一杯紅髮女孩喝的那個。」

他笑了。「紅髮女孩叫做凱若琳。」他說，取過幾個酒瓶，倒在一起，攪了攪。「她喝的是橘色花朵。」

我端了兩個杯子，走到桌前，一屁股在她身旁的空椅子坐下，舉起酒杯，示意敬酒。「怎麼回事啊？」她說，接過裝著橘色花朵的高腳杯。「那我們要敬什麼？」

「敬未來。」我說，「希望未來裡面有凱若琳。」

「總比過去裡有我來得好。」她說，細抿一口。「你知道我的名字。」

「不過花了一杯飲料的錢。」

「但我不知道你叫什麼。」

「最好別知道我叫什麼。」我說，「有時，我連自己的名字也想不起來。大家一般叫我巴弟。」

「那我也這麼叫你好了。」她說。

我們聊了起來。她找了幾個藉口碰觸我——有時是我的手背、我的胳膊。我的一隻手按住她的膝蓋，她也沒退縮。我的眼神中帶著疑問，直視著她；她的答案是一抹淺淺的微笑。

敬未來，我曾經說。但我看見未來已經出現在我的眼前。

「請稍候一會兒。」我說。朝著男子洗手間走去，但過門不入，逕自走向後門。我已經退掉汽車旅館的房間，所有的傢私都收進後車廂。

還有一條新毯子。一捲膠帶跟一把冰鑽。

開上最近的入口匝道，進入州際公路。就算我捏碎凱若琳的氣管、射盡所有精液，離開之後，也始終遵守速限，絕不冒進。

但我只留下半杯橘色花朵、幾乎沒怎麼碰的J&B蘇打，就此離開；還給了她一個很久很久都無法釋懷的問題：她究竟說了什麼，讓我的慾望就此冷卻？

這個問題，我們倆都難以回答。

越過州界，找到一家汽車旅館。登記入住，淋浴，上床。

還是在想我的MILF。我們一起離開酒吧，一路開回她家。這一次我把她家設定在市郊的一條死路。用膠帶把她綁得動彈不得，但沒有封住她的嘴巴，因為我想要聽她的尖叫。

我很確定她的鄰居都住得很遠。沒有人聽得到。

諸如此類。

我現在要告訴你，芭芭拉・葛蕾翰的故事。

不是你在維基百科上面查得到的那種。她的母親是妓女，芭芭拉很早就投身黑幫。幾個人組成了犯罪集團，三個、四個或五個人，打聽到某個女子家中藏了一大筆錢。他們破門而入，女子怎麼也不肯放手，芭芭拉抄起槍柄，狂敲她的頭，最後用枕頭將她悶死。

也許她沒這麼狠心。她說殺人的不是她。但換成你，你還能怎麼說？

謀殺案發生在一九五三年三月。一九五五年六月三號，經過緊急上訴跟短暫的暫緩執行後，他們還是決定把她送進毒氣室。有人告訴她，進去後，在氰化物顆粒開始下沉之際，深吸一口氣，就會快得多。她的回應是：「你到底知道什麼？愚蠢的無賴！」

你真的以為她講的是愚蠢的無賴？這女人最後的遺言爆的是粗口，市政版的某位編輯覺得難登大雅之堂，決定動手清理一下。「你他媽的知道什麼？X你媽的白癡。」

應該是這種口氣。

這也不是重點。只是背景說明罷了，這種鄉野傳奇可能多半是真的，只是很難查證。比方說，有個人，姓名已經淹沒在歷史裡了，大吹大擂，自稱是最後一個幹過她的男人。

她原本被關在芝諾女子監獄，後來轉到聖昆汀監獄，進毒氣室前，獨自在死囚房裡待了一夜。就是這個看起來挺牢靠，一輩子都在聖昆汀監獄工作的男人，這般大言不慚。此人規矩摸到熟透，平常工作就是在死刑犯處決之後，打掃毒氣室。我想大概就是把遺體搬出去之後，用水管沖乾淨，該擦的擦，該弄的弄。

這樣你明白發生的地點了吧？她躺在那裡，一副騷樣，還是出了名的女匪徒，剛死多久？十分鐘？十五分鐘？

體溫猶存，新鮮熱辣。所以，他花了幾分鐘時間，幹了她。

她哪有辦法抗拒？在她深吸一口氣之後。也不可能有人圍在旁邊看，好不容易確認死刑犯得到應有的懲罰，誰都巴不得早點走開。兩分鐘進進出出，在她的身體裡存放了點液體，他把屍體移到指定地點。然後，他開始沖水，洗那個，刷這個。

之後，他把這件事情告訴朋友。「你知道我做了什麼嗎？兄弟？你還以為監獄裡沒有女人嗎？嘿嘿嘿，你再想想。」

也許他真的幹了，就跟他說的一樣。也許他根本沒有做，只是忍不住吹噓一下。也許壓根沒這個人，兩個監獄警衛用擔架把屍體抬出去，某個人在一個月後，或一年後，編出這麼個故事。一旦有人開口，你不難想像如何眾口一聲的傳播開來。

愛信不信，隨你高興。我想應該沒人可以證實或否認吧。尤其是事情已經過去那樣久了。

但，我還是寧可相信那是真的。

我當然記得這個案子。她被送進毒氣室的時候，我十來歲；好幾年以後，我才聽說有個素行良好的市民，竟然是她最後的情夫。主要的情節都是報上看來的，兩年之後，我還去看蘇珊・海華飾演她的電影。

蘇珊・海華芳華絕代。其實，從照片看來，你大概覺得芭芭拉・葛蕾翰長得也不賴。

我不知道什麼事情救了我的MILF。也許是我們的對話，強迫我將她從物體重新歸類為活生生的人。也許這是最可能的結果。也許，就跟大學籃球球星參加NBA選秀一樣，我只是個打了一年球，就休學閃人的菜鳥。

我可以預見走上另外一條路的下場。我躲過謀殺起訴，並不是因為我是犯罪天才，總能早警方一步。我犯下了愚蠢的罪行，笨手笨腳的行凶，莫名其妙的逃脫。除了走狗屎運，誤打誤撞，找不到別的理由解釋。

換個人——或者是我自己，換個日子——可能覺得我既然逃過一次，自然可以逃過第二次、第三次、第四次。

諸如此類。

我的決定卻剛巧相反。不要把你的運氣用盡了，我告訴自己。事情發生了就發生了，趕緊遮蓋起來，眼睛可以看不見，心頭卻不能糊塗。保留在記憶裡，能回味多久就算多久；轉成幻想也成，只要你高興。但千萬別再重蹈覆轍。

有多少人願意接受這個建議？有多少人曾經跨過禁忌之線，卻終身敬而遠之，絕不再犯？

這可能是個辯證的問題。這種問題要人怎麼回答？誰會去統計幹過一次就收手的罪犯人數？

如果我們在腦海裡，重新喚起那些殺戮的場合、如果我們在最隱密的內心深處，綁架另外一個被害人，自然不會被登記在案。所以，我不知道有多少人曾經一度行凶，不再累犯，也不知道這樣人數是多，還是少。

我只知道這麼多。我自己看著辦吧。

我花了幾天開車，大致朝東北方前進，窩在廉價旅館過夜，讀詩自娛。

我想到華茲沃斯（William Wordsworth）給詩下的定義，當時的我毫無感觸：「詩，就是強烈感受的自然流露；直探回憶情緒的源頭，以平靜的方式表達。」我在汽車旅館裡，關掉電視、鎖上門、拉起百葉窗，就是用相同的平靜，回憶辛蒂的遭遇，揣摩凱若琳可能的下場。

強烈的情感，絕無疑問。更別說自然流露。

每天早上我起床，就坐在方向盤後面；每天傍晚，找間汽車旅館棲身。某天晚上，我在皮歐里亞（Peoria，譯註：在伊利諾州）過夜，登記入住之後，信步過街到丹尼斯餐廳。早餐全時供應！菜單這樣寫著。我坐在櫃臺前，埋首大吃他們的「餓死鬼早餐」，卻發現我壓根沒那麼大的胃口，只能望而興嘆。

但我還是磨磨蹭蹭的點了第二杯咖啡，倒不是想喝，而是喜歡女服務生的長相。褐色頭髮，胖胖圓圓的，有點俏皮。

除了點餐，我沒有跟她講過任何一句話。即便是請她加咖啡，或者送帳單過來。我指指咖啡杯，她就過來加滿。我在空氣中，比個簽名的樣子，她就送帳單過來。

當天稍晚的時候，她會莫名其妙成為女主角，在我腦海的電影院裡演出。這樣也挺好。

改變生活，要能成功，必須要讓記憶與幻想，活靈活現，才好把現實關進牢籠裡。態勢明擺在那裡。我必須要成為另外一個人——或者精確一點，能為自己創造新的生活。

我好像對過安穩日子沒什麼興趣似的，你可能會懷疑，到底是怎樣的環境，造就現今的我。一般人一定會認為我具備以下的元素——嗜酒如命，動輒拳腳相加的父親、跋扈惡劣的母親，被父母、叔伯、牧師、童子軍隊長或者足堪信賴的親朋好友性侵。「為什麼這個人會變成惡魔？因為他生活在煉獄。」

我不是。

我在一個大家庭成長——六個男孩、四個女孩——父母不曾濫用暴力，生活算是相當正常。我的父親擁有、管理一家保險代理公司，在城裡，規模首屈一指；在我上高中的時候，又開始經營共同基金。我的母親得照顧十個兒女，從來也不考慮家管之外的事業，儘管她的針線活兒常常進到比賽的決選名單，還不時獲獎。

我念書有點漫不經心，思緒經常飄到九霄雲外，被點到名的時候，總是一臉茫然。但是我考試還過得去，平均一下，成績大概比中等略好一些。

我參加童子軍，主要是希望能外出露營，但我的小隊對於敬禮與列隊比較有興趣，好像有一天會被徵調上陣，跟希特勒青年團一樣。幾個月我就受不了了，就此退出。但絕對不是我們的隊長（現在回想起來，長得跟阿道夫·艾希曼〔Adolf Eichmann，譯註：以執行「猶太人最終解決方案」聞名的納粹特務頭子〕異常相像）企圖要染指我。

主日學校的執事、牧師對我們也是好端端的。不過我也耐不住性子跟他們打交道。我哥哥亨利跟我媽說，他恨透主日學校，非去不可嗎？她說，倒也未必。我趕緊跟上：我也討厭主日學校；儘管我只是覺得窩著無聊而已。所以亨利跟我再也不用上主日學了。這倒不是說我的哥哥姐姐、弟弟妹妹被灌進大量一般人根本無需知道的細節：抹大拉的馬利亞（Mary Magdalene）、拉撒路（Lazarus，譯註：兩人都是《新約》聖經裡的人物、耶穌基督的追隨者）的同時；我跟亨利兩人能夠盡情撒野。亨利（大家都管他叫漢克）總愛去找他的朋友。那夥人比我大四歲。最終我發現還是自己孤伶伶的，跟上主日學校一樣的無所事事。

硬要說我們家有什麼特別的地方，那就是家人之間，非常冷淡，相敬如「冰」。我猜我父親驕傲的是他有這麼多小孩，更驕傲的也許是他還把他們養得很好。但他的興趣也僅止於此。我猜我的媽媽呢，嗯，就是幹媽媽的活——說不出流露過什麼母性的光輝。她會做菜，一週兩次有管家幫她處理家務。確定我們都把自己照顧好，衣櫃裡有乾淨的衣服。晚餐擺在桌上，看著我們吃下去，用一種，在我眼裡，毫無熱情的態度：我們是她的孩子，她理應照顧我們，女人生來該幹什麼就得幹什麼。她照著外界的期望做。

我的姐姐也會幫忙。茱蒂與莉亞，兩人的生日相距不到一年。愛爾蘭雙胞胎（Irish twins，譯註：形容這種一兩年內連續出生的孩子）。我聽他們這樣叫，儘管我並不知道為什麼。阿尼一年之後，呱呱墜地。我排行第五，第三個男孩，比漢克小四歲，他又比阿尼小兩歲半。四年之後，才又生了一胎。一個妹妹，叫做夏綠蒂。

這麼多兄弟姐妹，哪個跟我最親？

實在話，一個都不親。

光記他們的名字，我就得寫上一整段。阿尼、漢克、夏綠蒂。我幾乎想不起他們了，我那窩兄弟姐妹。夏綠蒂之後，他們又生了四個，我記得裡面有男有女，但弄不清楚出生順序，更別提名字了。算一算，整十個，你可能以為我們家篤信天主教，其實我們是屬於某個比較溫和的新教教派。

可能我的父母對於節育一無所知，或者敷衍了事。

也許他們真的想要我們。儘管我也想不出來為什麼。

共計兩次，我把手槍忘在腦後。

取得那把槍的一兩天內，我起碼從裝一品脫威士忌的紙袋子裡，拿出十次，依舊很小心，不要破壞前個持有者的指紋，也不要印上我自己的指紋。我始終覺得留著那玩意兒很危險。我聞了聞，不確定從前次清槍後，究竟有沒有擊發過，只聞得出鋼鐵的氣息。但不管是擦槍油，還是火藥殘餘，我的鼻子都分辨不出來。

我把槍放回紙袋，先把它藏在旅館房間的衣櫃上。乾脆擱那邊吧，遲早有人會發現的。但一定不是打掃的阿姨，因為要比一般人高很多，才搆得到櫃子上的東西。

我上床睡覺，第二天早上醒來，改變主意，離開時，還是帶走了那把手槍。

過了幾天，我打包，走出另外一間汽車旅館的房門，突然想起放在桌子抽屜裡的東西，我忘了拿。我還記得我站在門口，一半進，一半出，不確定該怎麼做。最終我還是進門拿了，這一次，我把槍放進駕駛座旁邊的置物櫃。

在我搭上灰狗巴士橫越俄亥俄州的時候，已經重獲新生了。

不算誇張。至少在印地安那州取得的駕照上，已經有了新的名字。我現在叫約翰・詹姆士・湯普森，比我父母給我取的名字平凡多了。這是我自己決定的，並不想招惹別人注意。

想要改換身分，其實相當容易。美國西部還在拓荒的時候，你只需要騎馬進城，報上名來，也就成了。誰會問你要身分證件？那時候連這個概念都沒有。難道騎馬還需要執照嗎？當時也沒有社會安全卡，連社會安全都沒有。你說自己是誰就是誰。除非你前陣子闖的禍，如影隨形，才會有人上門找麻煩。否則，只要你高興，愛管自己叫什麼都成。

在一九六八年，改名換姓也不難。你先設法打聽一個夭折的不幸小朋友，叫什麼名字，最好是嬰兒，然後冒他的名字頂替，申請一份新的出生證明。我可以叫克萊倫斯・葛蘭多爾，也可以叫彼得・科瓦斯基。想想不妥，前一個太少見了，而後一個呢，明顯屬於某個族裔。小強尼・湯普森倒是平安度過嬰兒時期，但是，他的墓碑顯示，他在滿五足歲前，不幸過世。他比我小兩歲，六月十四日生。

六月十四日是國旗日（Flag Day），湯普森小朋友並沒有長到可以揮舞國旗，也沒能接受眾人的搖旗讚佩，不過這個節日挺好記的，一旦問起出生年月日，不難想起這個新生日。

當然，時間久了，就會出現意想不到的發展。冒充約翰・詹姆士・湯普森之後沒幾年，一到我的「生日」，我立刻就想到那天也是國旗日。

唯一的問題是：遭我冒名的約翰・詹姆士・湯普森足足比我小上兩歲。你說這有什麼關係？長時間是沒差。但是，我必須多等上兩年，才能取得社會安全資格。

我在印地安那波里斯，取得了出生證明書與社會安全卡，隨即開車到韋恩堡，通過考試，用我的新名字，申請到一張印地安那州駕駛執照。我的車登記在原來的名字底下，我一度動念想要轉賣給自己，但覺得這樣會留個尾巴，反倒不妥。最後還是賣給舊車商，坐巴士從韋恩堡到利馬（Lima，譯註：俄亥俄州的小城，人口不到四萬人），在汽車營銷中心買了一部二手的普利茅斯瓦利安特。當天下午，我又去考一次試，把原本的印地安那駕照，換成俄亥俄州駕照。

我從來沒有把利馬當做我的新家。我計畫要搬到更東邊一點，說不定乾脆住到海邊。但是塵埃落定，生活的環節隨著各就各位。

我第一晚在汽車旅館度過，跟櫃臺的服務人員聊上了。他跟我說一英里之外的羅德道旅館缺人，原來的櫃臺不辭而別，他們急著找人補缺。

這些日子以來，我吃的住的花了不少，正想賺點錢補貼一下；更何況買那輛瓦利安特足足從我口袋裡掏了兩百美元出來。我跟羅德道旅館的經理保證，我不喝酒、不在乎值晚班、不喜歡民主黨或者有色人種，只要給我一個房間跟一點薪水，小一點、少一點，都無所謂。

一個因，導致一個果。

我想起我的父親，他參加同濟會、扶輪社跟獅子會，並不是為了盡市民義務。「人頭熟很重要啊。」我經常聽他這麼說。有天讓我知道扶輪社每週都在羅德道旅館的會議室裡聚會，突然心念一動。我找到一家男子服飾店，買了一條藍色長褲、一件襯衫跟一條領帶。在下次聚會，深吸一口氣，昂首闊步走了進去，心想最壞的情況，頂多就是請我離開而已。

沒人趕我。於是呢，我每個星期都參加，就這麼混了三四個禮拜，有一天，有個胖胖的、頗具威勢的紳士，問我是做哪行的？我跟他說，我新來，剛在城裡落腳，目前在旅館櫃臺值晚班。「是份規規矩矩的工作，」我說，「但是呢……」

「但是沒什麼發展。」他說，「你知道有人在找人嗎？」他指著會議室遠處的一個人，乾乾瘦瘦的。「波特．道斯。」他說。「那個人躲在吸管後面就看不見了，但他對人真不錯。你認識他嗎？來吧，約翰。我很高興介紹兩位認識。」

道斯先生做的是五金跟家庭用品銷售，不消幾分鐘的時間，我也加入了這一行。兩年後，他提拔我做經理，再兩年，癌症找上了他。他自知去日無多，拖著我，在律師面前坐下，簽署協定：在他過世後，我要向他的遺孀買下他生前經營的事業，先付一小筆訂金，以後再從收入裡面提成。利潤有他太太一份，但我是老闆，絕大多數的盈餘都歸我。

「搞定這事兒，我就放心了。」簽署之後，他這麼說。「我可以寧靜的死去了。」

一個月後，他果真撒手人寰。

此時，我已經是共濟會與獅子會的會員。不是每次聚會都到場，但足夠活躍，在利馬的商業界與菁英圈中，混得還算挺熟，叫得出名號。生意本來就賺錢，在我接手之後，做了一點改變，簽下一個扶輪社社友幫忙打廣告，生意就更好了。

開始有人注意到我，一個名叫艾維爾・肯納利的白髮男子問我，對於潘德維爾這個地方做何感想？我只知道那個城市在南邊，坐落於七十五號州際公路沿線。

「我告訴你，」他說，「潘德維爾很有發展。孩子大學畢業之後，艾瑟兒跟我一起搬過去，愛死那地方了。如果你想要開家分店，不妨考慮那裡。」

之前，我從來沒有想過拓展。我有一家店，賺的錢已經讓我過得很舒服了。

「家產分到扯破臉，好端端的汽車零件銷售，做不下去，結果呢，留個上好的店面空在那裡，等人租。如果你不想砸重本，這些年來，我專幹隱形幕後合夥人，我挺喜歡扮演這種角色。」他拍拍我的肩膀，「可以考慮一下。」他說，「明明有大發展，何苦窩在這個小地方？等到路艾拉生個男孩，過沒幾年，你連經理都有了。還是這事我不該提？」

路艾拉。

除開內心深處極隱密的所在，在我的生活中，已經沒有任何女性了。來到利馬之後，我緊閉心扉，牢牢鎖上。偶爾，在工作或閒暇的時候，我發現自己正和一個很有吸引力的女性閒話家常。有時，我看到一個人——在餐廳遠遠的那一頭或者縮進角落裡——我會有些情不自禁。

我鎖緊房門。我的內心，我瞭若指掌，萬萬不敢輕易打開。我披荊斬棘，好不容易穿越險惡之地。我一度時運不濟，遏止不了自己的衝動，結果就是一條無辜的生命斷送在我手裡；隨後卻如有神助，鴻運當頭，竟然全身而退。

老天賜我第二次機會。不可能有第三次。

但你也知道，隨著時間消逝，誘惑變得沒那麼難抵抗。貝克斯福爾德命案悄悄溜到越來越遠的過去。在我最本質的地方，已經看不大到它的蹤影。

而且，別忘記了：我年紀大了，一天老似一天。驅策男性的衝動，不知道是好是壞，反正力道沒以前那麼強。

出現在眼前的漂亮女生還是不時讓我心旌搖曳。我依舊帶著記憶與幻想上床，只是沒以往那麼急切。時間磨損記憶，難以鮮明如昔。慢慢的，我越來越記不清，多半只能憑藉想像。

透過車窗望去，一個女性的驚鴻一瞥，接下來的兩個晚上，她可能就是我純幻想中的女主角。我兒時同伴的年輕媽媽，從過往召喚而出。憶及她的時候，不由自主的把凱若琳的一些特徵，烙印在她的身上——她喝橘色花朵、她永遠不會知道一度離痛苦與死亡有多近。

就我自己看來，我的心思開始篤定，已經有好一陣子了。很難細究改變——或者你可能比較想聽的，良心譴責——的原因。年紀當然是可能性之一，但多半是習慣。我已經養成習慣，把自己約束好，不再需要緊緊的扣住轠繩，才能制止狂亂。

就在這個時候，麥倫．韓德克森把他的手，按在我的大腿上，改變了一切。

他比我年輕個幾歲、重個幾磅、矮個一兩吋。藥師，有自己的藥局，扶輪社社員，還參加其他一兩個俱樂部。他住在——

他住在哪裡並不重要。其實他是誰也不相干。要命的是我坐在健身房的蒸汽室裡，旁邊還有兩個人，麥倫．韓德克森走了進來，挨著我坐在木頭長條凳上。

這場景再尋常不過了，直到那兩個人離開。麥倫突然打破沉默，跟我聊起天來。

我記不清我們聊些什麼，也沒多留意；但我突然覺得他有些緊張、有些不安。

然後他的一隻手放在我的大腿上。我當時在腰間圍了一條白色的浴巾，他也是，我還來不及反應，還來不及抓住那隻手，它又往上兩吋摸了過去。

「搞什麼鬼！」

他倏地收手。我看著他、看著他的臉一點點的垮了下來。「喔，我的天啊。」他說，「我以為，喔，我的老天爺啊，我不知道我在想什麼。」

不管他在想什麼，恐怕暫時無法傾吐；就在這個時候，兩個男人推門進來，爭論克里夫蘭布朗跟辛辛那提孟加拉虎這兩支美式足球勁旅的優缺點，孰強孰弱。

我站起身，走出去，在蓮蓬頭下面沖了幾分鐘，然後，去寄物櫃，拿我的東西。我慢條斯理，等我穿好衣服，他也從蒸汽間鑽出來。我朝他的方向走了幾步，他怕到有些畏縮。

我說，「我們得談談。」

他點點頭。

「到街角的咖啡店。」

我自己先去，在遠處挑了一個卡座。一個女侍端給我一杯咖啡，我就讓它擱在那兒，直到麥倫進來也沒碰。他東張西望一會兒，硬著頭皮，走到我面前，站在卡座的另一邊，說，「拜託，不要打我。」

「請坐。」我說，「我打你幹嘛。」

「因為我亂摸你。我真的以為──」

「以為我會很享受？」

「我以為你是──」

「同性戀？我不是。」

「你這麼明顯。」他說，「天啊，你看你臉上的神情。難道連你自己都不相信？」

「這個嘛，」我說，「我是不信。」

漫長的沉默，直到女侍過來。他點了吃的。她離開後，他絮絮叨叨跟我講了一大堆我根本不需要知道的瑣事。他這個人有多體面、他是怎麼結婚的、他有多愛他的老婆、多寵他的孩子，還有男人很容易為他傾倒，而他一旦感受到，就會覺得有必要回應。

「我一直很小心。」他說。

「所以你老早就認定我會接受。」

「這個嘛——」

他考慮一下怎麼回覆我。「我想應該是願望孕育了這個想法。你是個很有吸引力的男人。」

「如果你看到有吸引力的男人，就上前勾搭一下——」

「那我不是早死了，就是關進監牢。」他深吸一口氣，「約翰，不是因為你這個人流露出什麼同性戀的氣質，不是因為你的態度、你的穿著。我從來沒有看過，你打量別的男人的時候，帶著慾望。」

「我對男人向來沒有什麼吸引力。」

「但我卻可以讀出別的線索。我想，你知道，你跟我在同一條船上。深深的鎖在內心深處，藏著最黑暗的秘密，擔心有一天會被人發現。」

這話倒不是空穴來風，我想。但是，我的秘密不是他想的那樣。

女侍端來他點的三明治。我要不要再續點咖啡？我肯定的說，這樣夠了。

他說，「打從我認識你以來；打從我知道有你這麼個人開始，我從來沒見過你對任何女人流露出任何興趣。」

真的嗎？

「你沒結婚，又沒女朋友。我從來沒看到你有女伴。如果男人對於女人沒有興趣——」

「那他一定對男人感興趣？」

「是啊，還有什麼別的可能？」

「羊。」我試探著說。他愣了好一會兒，這才明白我在講笑話；一旦醒悟過來，他由衷的笑了起來，只是太誇張了點，這笑話沒那麼好笑，應該是釋懷了吧。我都講笑話了，也許剛剛的尷尬就一笑而罷，我應該不會跟朋友告密，或者把他打到鼻青臉腫。

「這是鄭重宣示。」我說，「我是道道地地的異性戀者。但你也說得對，打從我在利馬出現以來，的確是不曾跟人有過牽扯。」

他等著，我在考慮該怎麼接下去。

「曾經有個女人。」我說，「我們倆相愛極深，但結束得痛苦至極。」

「她棄你而去？」

「比那個結果糟得多，麥倫。她死了。」

喔，最後那一句，是真的。

他滿腹同情，傾洩而出，沒法再增添一分、也沒法表現更多歉意。哀傷與禁忌的情慾一樣，總能勾起最強烈的情緒。我向他保證，他的秘密我絕對不會向任何人吐露。他請求我不要恨他。

「恨你？我為什麼要恨你？」

「因為──」

「因為你覺得我很有吸引力。這是讚美，不是侮辱。話說開了也好，我其實還要感謝你呢。」

「喔？」

「你幫我想清楚一些事情。」我說，「我的哀悼、對於逝去感情的眷戀，一度，都是真的，錐心刺骨的疼。但時間久了，卻僵化成一種習慣。現在，是我重新回到場上的時候了。」

我還真的東山再起。小心謹慎，且戰且走。我請這個女生出去吃晚飯；帶那個女生去看電影。在這樣的場合表現出泰然自若的神情，實在有些痛苦；在某個程度上面，我相當不堪其擾。我心裡有一部分，一直忙著測量我的情緒溫度：我喜不喜歡這個女生？我覺得她有沒有吸引力？剛剛的對話是太賣弄還是太平淡？有趣還是無聊？我想不想再見到她？

更切合重點些。我想不想幹她？我想不想先殺她，然後，幹她？

有的時候，捫心自問，我到底知不知道自己在幹什麼？我在利馬的生活過得很舒坦。收入不錯，前景看好。我的交際圈日益擴大，想跟認識的人多相處一會兒，或者多自閉一點，大可由我自己決定。

我倒不覺得我有什麼朋友。我從來沒有過朋友，時至如今，我哪裡還需要交朋友？我曾經在紀念品店裡看過一句詼諧的格言，烙在一塊木牌上。

所謂的朋友，不是一起受騙上當

所謂的朋友，是明知錯在我們，卻依舊坦蕩

這樣你就明白了。我認識的人只是受我騙的一群人罷了。我還真不敢在他們面前揭露我是怎樣的一個人。因為他們一旦醒悟，肯定變臉。這樣非同小可的真相，能期待他們無動於衷嗎？

他們裡面還有沒有人，覺得我是同性戀？

麥倫做了這個假設，甘冒奇險，親自測試。「願望孕育了這個想法吧。」他說。非常可能如此。但是，雖說願望跟想法有因果關係，但其實他的想法來自觀察我的日常生活，一躍而出的結論。

也許有其他男人，女人也說不定，懷疑我是同性戀。在我能夠分辨的範圍裡，沒有任何這方面的徵兆讓人起疑。我講話不會裝腔作勢，我不會穿得花枝招展、我從不跟人爭辯是芭蕾舞還是棒球比較優。你去搜我住的公寓，從裡到外，保證翻不出任何一張朱蒂・嘉蘭（Judy Garland，譯註：電影《綠野仙蹤》的女主角，著名的《彩虹的那一邊》就是她的原唱。她一直被視為同性戀的偶像）的唱片。

但是，除了做生意，我的確不曾跟女性接觸。我是單身漢，但生活不太像是合格的單身漢（追求伴侶未果，目前單身），而是死會的單身漢（特徵是看到女性，避之唯恐不及）。

他們愛怎麼想，有什麼要緊？

我自己不覺得需要在意。但他們愛怎麼想，還真的很要緊；而這是鐵一般的事實。

我不明白為什麼。

我是同性戀？某種特殊的同性戀？

如果是真的，那麼我過去的日子，實在過得很悽慘，連這種念頭都沒冒出來過。

但我試了半天，怎麼也想不到我有喜歡男生的傾向。我沒法在我的性幻想裡，給麥倫或者我在當地認識的生意人、各界菁英，安排一個角色。我決定練習看看，硬生生憑空——還不如說是從各色鮮肉中——虛構出一個年輕男性來。又高又帥、體格健美、金色頭髮、湛藍眼珠、皮膚被太陽曬得微微泛紅。結實的腰身、寬闊的胸膛。

老二是大，還是小？有沒有割過包皮？我實在沒法聚焦去想，就讓它保持模糊吧。

我試著想像兩個人走進汽車旅館，用不同的方式，跟對方黏在一起。腦海中的幻象再怎麼美化，也只能說沒什麼說服力，實際上，還有一些淡淡的不舒服。儘管我一直把可能性留在腦海，但我的想像力完全不想沾到跟同性做愛有關的場景，總是情不自禁的飄開到不相干的地方。

只好作罷，我想。

然後，有一天晚上，我跟一個離婚婦女度過一個挺難過的夜晚——在一個裝模作樣的義大利餐廳吃晚飯，然後去看電影，在門邊以一個幾近親吻的動作告別之後——我突然發現，我並沒有公平對待我的同性幻想。

我帶我自己回家，洗個澡，倒杯喝的，上床睡覺。

這一次，我把性伴侶想成一個年輕的小個頭，肌肉沒那麼發達。就是個孩子，大概就是十五六吧，頂多十七八，站在路邊，比個拇指，想搭便車。

這種蹭便車的幻想，總是很有發揮空間。一個放假想回老家的女大學生。一條千瘡百孔的牛仔褲，穿件襯衫，一兩個扣子打開。動作輕快些，掐住她的脖子，讓她昏迷。開上岔路，挑個跟情人巷差不多的僻靜所在，就跟辛蒂·羅希曼犧牲生命一樣，成就更大的美好。

場景設定完畢，可以馳騁想像。

這就是我的幻想實驗。這一次，我要公平點。我開始勾勒細節，讓這個孩子慢慢知道可怕的事實：讓他上車的這個男子，還想用另外一種方法來上他。

在太陽神經叢重重的搥上一拳，速速的將他扼昏過去，隨後我一手按住他的臉頰，一手扯住他的頭髮，扭斷他的脖子。

不，不，不，這段先等一等。車開到事前決定好的地點，把他拖出車子，剝光他的衣服，等他醒過來，先插他，再把他勒斃。盯著他的眼睛，看著生命之光逐漸在他的瞳孔消失。

不，我有點受不了，至少我想不下去。分析我的感受，除了有點反胃以外，更強烈的是無法入戲的疏離感，我得不斷強迫自己，才能讓劇情繼續走下去。

有點像是看電視，非得呆坐在那裡，等到克異香的廣告結束，才能接著看下去一樣。

一個笑話。我忘記什麼時候、在哪裡聽到的。我只記得講的那個人，故意裝出英國口音，儘管我也不知道為什麼一定要用那種腔調講這個笑話。

「我說，你有沒有聽過卡魯瑟斯幹的好事？」

「卡魯瑟斯？沒有，我不知道他怎麼了。」

「聽說他在強姦長頸鹿的時候被抓了。」

「長頸鹿！」

「長頸鹿。」

「你是說他強姦動物？」

「看來是這樣。」

「他是怎麼搞的——」

「人家告訴我，他帶了把梯子。」

「實在沒法想像。嗯，我是說——」

「什麼？」

「公的長頸鹿還是母的長頸鹿，你可曾聽說？」

「當然是母的啊。卡魯瑟斯哪有那麼變態？」

路艾拉，然後是。

做了幾個月的合格單身漢之後，我終於弄明白我到底在幹什麼。我在找一個結婚的對象。

態勢很明顯。我不需要用女人做掩護，遮蓋同性戀的性向，以免被外界察覺。兩個理由：第一，我真的不是同性戀；第二，別人愛怎麼想、妄下什麼結論，我一點也不在乎。如果我想，大可把我跟麥倫．韓德克森分享的秘密，告訴幾個人，牽掛著逝去的愛，難以釋懷，對她的懷念，至今盤據記憶。這種八卦一定會快速轉傳，以後那些寡婦、棄婦再對我眉來眼去，若有所圖的時候，我也比較容易擠出一抹哀傷的微笑，脫離糾纏。

他還沒準備好，她們一定這麼說。他一定還深愛著她，她們也會這麼說。喔，她在生前，一定是全世界最幸運的女孩！

對啊，辛蒂・羅希曼的運氣真是不錯啊……

不去說她了。辛蒂・羅希曼已經是很久以前的過去了。她在很久以前不是埋了，就是燒了，曾經認識她的人，現在多半想不起她的長相，或者關於她的大小事。

更重要的是：我再也不是殺她的那個男人。他跟我有相同的指紋、相同的DNA，但你實在不能說，我跟他是同一個人。

我曾經流浪，暗自尋覓下手地點。一個男人穿著別人的工作服，口袋上繡著別人的暱稱。會不會有一個叫做巴弟的男人，走進酒吧，走出去，就想找麻煩？

就算有這麼個人，現在也不存在了。

否則的話，現在應該出現更多屍體才對。這就是口袋繡著巴弟的人會幹的事情，他們就是按不下心頭的衝動，有的時候膽大妄為，有的時候小心謹慎，但他們一定不會罷手。他們為什麼會想要罷手？

我得讀懂他們，你知道的。我不確定誰會買講連環殺人魔的書。女人讀了是會害怕，還是感到安心？男人躲進圖書館，保持安全距離，探索殺人魔的行徑，內心是不是也有想嘗試看看的渴望？

我開始閱讀他們。泰德．邦地（Ted Bundy）、艾德．坎珀（Ed Kemper），還有一大堆你聽都沒聽過的殺人魔，除非你跟我一樣，書架上擺滿這類書籍。泰德跟艾德——實在很有意思，我們一般記得的，都是他們的暱稱——是我的最愛。我知道，當然，這不是太合適的用語。我狼吞虎嚥，把書讀完，還不停搜尋相關訊息。

有的時候，我承認，閱讀的驅力中難免有性慾衝動。有的時候，我覺得他們的所作所為很刺激，也可以說，我是帶著他們的「豐功偉業」上床睡覺的。對於他們怎麼變成殺人魔王的原委，我興趣缺缺，不怎麼想知道他們童年受過什麼創傷，不想知道他們走上不歸路的起點，比較在意的是他們進化成惡魔之後，發生了什麼事。

邦地與坎珀（或者根據你的偏好，泰德與艾德）兩人，都是把尋常「先姦後殺」

的次序，倒過來幹的歹徒。對他們來說，謀殺只是達到目的的方法，用以獲取性伴侶（再一次，我知道這用語有問題）。殺戮是促進性慾的手段，儘管驚心動魄，但是，事後的「驗屍」卻是無上的回報。

有的人——可能是泰德，可能是艾德，也可能是其他人——私底下會說，最棒的性愛就是在勒斃女性之後，半小時內，與之肛交。陰道性交排名第二，緊接在後。

我再說一遍，姦屍，有可能是受到情境制約的，算是一時失控的決定，如果你不介意我這麼說的話。衝動購買。

一對表兄弟，一般統稱為「山丘勒殺手」，就是性虐待狂，一邊強暴受害者，一邊想出各種方法折磨她們。至少有一次（除非這是作者自己幻想出來的），受盡兩人殘酷的強暴與虐待，被害人的脖子慘遭扭斷。其中一個驚呼：「天啊，還是熱的。」

於是他又做了一次。

路艾拉。

我一直跟你提到這個名字，但總是欲言又止。還不斷岔開，跑去講別的事情。當然啦，就算我講偏了，走在歧路上，你聽了也不會無聊。這我敢保證，但是——夠了。

我早就結束漫遊殺人的日子。慢慢的，我發現我越來越難想像我怎麼會做出那種事情來？我現在的渴望就是：別人相信我是哪種人，就把自己塑造成那種人。

是不是太抽象了點？

再試一次。我讓我周邊的人——鄰居、扶輪社社友、事業上的夥伴跟客戶——知道我是一個安安靜靜、卻保有社交能力的人，一個在政治、舉止、衣著上都相當保守的男性，願意支持現存秩序。

更重要的一點是：我不是裝裝樣子，骨子裡也是那種人。

我想要妻子。孩子。一間房子——無需富麗堂皇，但要討人喜歡、住來舒適，視野優雅，門前有幾塊花圃，草坪修整得宜。

我約會——吃晚餐、看電影，次數還算頻繁——的初期，總不免虛偽客氣一番，但不知不覺的，開始把約會當成試鏡。甚至連我自己都沒有發覺：我在找一個人，跟我一起住進我那舒適的小窩，有人種花蒔草，我負責整理草坪。一旦想通這一點，我發現我幾乎不再看對象第二眼，約會自然也沒有第二次。

相處其實很愉快，她們的長相都滿體面的，甚至可以說頗有吸引力。大多數在生命中的某個時機點，都曾經結過婚，除了少數幾位例外。但我有個感覺，如果如意郎君首肯，沒有任何一個人會排斥走向結婚禮堂。

或者走向臥室，這點可能比較重要。許多夜晚的句點，都畫在請我進屋喝杯咖啡的邀約上。不只一位女性刻意找藉口，碰觸我的胳膊、手背，確認接觸無妨，就想要更親密一點。

我多半婉拒，假意不明白這其實是一種暗示。「喔，我今天喝太多咖啡了。」我可能會這麼說。或者編個我為什麼非回家不可的理由。

跟我一起晚餐的女性，會不會被安排成夜晚幻想的女主角？很妙的是，不會。多半的夜晚，我讀點書就去睡了，閱讀的內容非常平和，絕對不是艾德、泰德、或者其他殺人同好的犯行。英國推理小說，也許，或者是如何預見未來、如何發展出積極正面的態度，或者在每天晚上列一張表，寫下五件事情，回顧當天你如何更接近你的目標五步，讓你的事業更壯大。

隨便讀什麼都成。

路艾拉・薛普利。

她是我的顧客。我第一次跟她講話——也是我第一次記得有這麼個人——是她來店裡買壓力鍋。我正掛著大拍賣的牌子，同時，她說，「燉大黃剛好。」

「燉大黃？」

「我剛才講話的聲音那麼大嗎？原本以為只是掠過我的心頭，沒想到脫口而出。抱歉。」

這種對話本來沒有必要繼續，但我卻忍不住開口。「你得好好跟我講大黃的由來。」

「我奶奶種在花園裡。」她說，「在後端，陰涼的地方。你知道大黃長什麼樣子嗎？」

「有點概念。」

「深綠色的葉子，紅色的梗。葉子應該有毒。」

「應該？」

「是這樣的。」她說，「我沒法確定它的毒性。我自己從來沒吃過。」

「也有人跟我說，大黃的葉子是好東西。」

「我沒看到有誰吃過，或者聽說有人吃過。但所有書都警告說不要吃大黃的葉子。」

「所有書？」

「不是《彼得兔》。」她說，「也不是《正面思考的力量》。或者——我可以說上一大堆喔。」

「我猜想你應該可以。」

「所有提到大黃的書，」她說，「都警告你千萬別吃葉子。」

「有很多書提到大黃嗎？」

「食譜。園藝類的書。大黃很容易長。」

「也很容易煮嗎？」

「只要你記得摘去葉子。」

「因為葉子有毒。」

「據說是有毒。」她說，「其實是因為含有草酸，吃下去會有危險。當然啦，菠菜、甜菜、瑞士甜菜，還有好多種蔬菜，都含有草酸。」

「好幾種我還吃過呢。」我說，「還能活著分享經驗。」

「沒吃過大黃葉吧。」

「好像沒有。」

「挺聰明的。主要是因為大黃葉飽含大量草酸，吃多了可能會致命。這事兒倒是真的。」

如果收銀機前大排長龍，對話老早就結束了。但是周遭五十英尺以內，沒有半個人，我們倆好像也不愁沒有話題可以聊似的。

我拿起壓力鍋，還收在盒子裡。製造商是西本德。我不知道我為什麼會記得這種瑣事。

「大黃。」我說。

「老奶奶的秘密。我想你有時會吃到吧。」

「多半是在派裡。」

「大黃派。」

「草莓大黃派。偶爾出現在餐盤邊，當做配菜。」

她點點頭。「就像是蘋果醬。」她說，「不過完全不一樣。比方說，它是綠色的。」

「但蘋果醬卻是——」

「喔，忘了蘋果醬吧。」她說，「我不知道為什麼會提到蘋果醬。你採摘，或者在市場上買到的，都是紅色的。綠葉子，當然啦，千萬不能吃。」

「記下了。但卻想不起為什麼要提到蘋果醬。」

「但有時候大黃煮了之後就會變成綠色，我也不知道為什麼。」

「這倒挺有意思的。」

「不，」她說，「這沒意思，倒有個重點。我奶奶做大黃，端上桌的時候，總是紅的。你能猜出她的秘密嗎？」

「因為她用壓力鍋？」

她的眼睛睜得好大。「你怎麼會知道這種事情？」

「瞎貓撞上死耗子。」

「哇，印象深刻。」

她從皮包裡取出皮夾，把買壓力鍋的鈔票數出來。我說，「你今天晚上能跟我一起晚餐嗎？」

聽起來有沒有一點揣摩多遍的味道？其實，的確就是這樣。我在心裡反反覆覆的練習好幾分鐘，選擇不同的用字、安排先後順序。

「太好了。」她回答說，沒半點遲疑。然後她說，「喔，你是指餐廳嗎？」

「這有問題嗎？」

「一般是還好。」她說，「但我經常請的保母，我實在不該跟你講這些，剛動過豐胸手術，現在正在復原當中。還有另外幾個保母，我是可以打電話給她們啦，但通知的時間實在太緊了。喔……」

「喔？」

「到我家來吃吧。這樣就不用找保母了，是不是呢？」

「應該是不用。」

「我會做菜。」她說，「我來做大黃。」

她並沒有用大黃入菜。我不記得她做了什麼，也沒那麼留意餐桌上擺出什麼料理。我確定味道不壞，因為她真的滿會做菜的。

賓至如歸的感受來自別的緣故。

她挺好相處的、挺順眼的，挺容易想像未來做妻子或者夥伴的模樣。我倒不覺得她特別美麗，至少不是模特兒那般的曼妙或者小明星的動人，但稱得上很有吸引力。看著她，我有一種不必修理那個、改變這個的舒適感。我相信我完全能夠接受現在的她跟她的一切。

吃完晚飯，她倒給我一杯冰茶——我們倆都不想喝咖啡——我們坐在門前陽台的直背搖椅上，喝茶聊天，即便剛剛在餐桌上講得那樣起勁。對話無以為繼，我們浸潤在一片沉寂裡，也不覺得彆扭。不講話的時候，很異樣，反而覺得更親近。

她三十二歲，寡婦，有個九歲的男孩，亞登，自認年紀已經大到可以一個人留在家裡。「他這樣想，我很驕傲，」她說，「但是我沒有蠢到去寵信放任他。」

她在二十三歲那年結婚，隔年生下第一胎。她的先生，比她大三歲，患有先天性心臟病，卻連自己都不知道，孩子過兩周歲生日前，在睡夢中辭別人世。

「我醒來，」她說，「可是他沒醒。」

杜恩．薛普利是一個前景看好的保險經紀人，當然知道怎麼把未來保障得無微不至。幹他們這行的，總是把自身的利益放在第一位。她拿到一大筆錢，足夠繳清這棟小房子的貸款。也挺好的，這樣一來，就再也不用擔心房貸，悉數繳清，產權無可爭議。剩下的錢，她放進共同基金，每個月得到一張利息支票。不算多，但幫得上忙，反正她的花費也很節省。

她以前還出去工作過。早先，當代課老師，但在兒童保險繳清之後，就不怎麼拋頭露面了，只想在家陪孩子。她開始自學簿記，請朋友幫忙宣傳，尋找客戶，沒過多久，她就如願在家上班。

「當簿記員的好處，就是不愁拿不到薪水。」她說，「因為就是他負責開支票啊。」

我跟她講了一些我的家世，大部分都是真的。講了一點我的家庭，講了一點我的童年。我告訴她，我曾經愛過一個人，但收場淒涼；我無法待在原地，只想四處漂泊。「我把所有家當放進車裡。」我說，「開到哪裡算哪裡，進城，找工作；但不管在哪裡，只要看起來準備要落地生根了，就無法按捺離開的渴望。」

「我一直很喜歡那首歌。」

「『但我終究無法成行』（譯註：一九六六年，瓊妮・密契爾〔Joni Mitchell〕的名曲，〈離開的渴望〉〔Urge for Going〕的歌詞）。但我一有離開的渴望，立刻身體力行。收拾好行李，往車上一扔，尋找下一個落腳地點。」

「就這麼來到利馬。」

「最終來到利馬。」我說，「你怎麼不問我為什麼就在這裡住下了？」

「這是敏感的話題嗎？」

「不是。這是一個我自己也找不到答案的問題。在我自己發現之前，就安頓下來，甚至都有成家立業的打算了。我猜我體內的流浪成分已經消耗殆盡，失去推動的力量。不管怎麼說，我不再覺得有離開的渴望。」

「一旦又出現了呢？」

我看著她，良久。「不。」我說，「這種事，不會再發生了。」

難道我戀愛了？

不好說。

當天晚上我離開她家，大概就知道，這就是我即將迎娶的女性。我已經物色太太好一陣子了，從來不曾這樣殷切。我約會的對象其實就是面談，每一次，我總把共進晚餐的女伴想成廝守的伴侶；但還沒有上甜點，就確認坐在餐桌對面的人，並不是我理想的她。

路艾拉完全不同。她一出現，就會帶動一種奇特的活力；有她作伴，我就能夠放鬆下來。當天晚上開車回家，我發現我在想像做她先生的情景。工作結束回家，坐在餐桌前。當她孩子的爸爸。

我還沒看過她的小孩。但我已經開始模擬當爸爸的樣子。亞登・薛普利——還是我應該收養他？他根本不認識自己的父親，他媽媽都變成路艾拉・湯普森了，為什麼他不能是亞登・湯普森？

我根本就不姓湯普森，不明白我為什麼急著把這個姓氏傳下去。

---

就這樣，我開始跟路艾拉交往。這種以結婚為前提的「交往」，一般意味著要打贏一場戰爭，如今回頭想想，哪需要這般大費周章？從我在她家的第一個夜晚開始，很明顯，我們的未來就是天命注定。在我開車離開、在她上樓回臥室之前，我們已經是夫妻了。

但是，交往的節奏卻是非常節制，這也就是說，從上床的角度來看，我們的互動算是相當具有維多利亞風格。這不是她的堅持，而是我的想法。我不知道我第一晚能不能帶她上床，但這也不是匪夷所思的發展；我們相互信賴，我們都喜歡對方作伴，如果我摟住她，深深一吻，問她要不要攜手上樓，我覺得她不一定會拒絕。

但我終究沒有十足把握，反正我也做不出這種事情來。在第三次或第四次約會的時候，我自然而然的吻了她。我們那時坐在她家的陽台上，她正想去把保母的費用清掉，讓我送她回家。親吻很溫暖，我可以感受到她嘴裡的甜蜜，但最終，我們還是各退一步。她進屋，我在外面等著，看到保母，一個滿臉雀斑的高中女生，肩膀上掛著背包走了出來。

我先開車送她回家，接著回我自己的家。打電話給路艾拉，跟她講，我真的很喜歡這個夜晚，送珍妮佛回家之後，我也沒在外多逗留，因為我筋疲力盡，明天還得起個大早。順便約好，兩天後我們在一家新的墨西哥餐廳一起吃飯。

諸如此類。

應該不難猜出我為什麼這樣慢條斯理吧？並不是因為我認為這是放長線、釣大魚的必要手段。沒錯，軟弱的意志無法征服窈窕淑女，但追求路艾拉並不適用。她一直在等我帶她上床，有時用她的手按住我的手背，或者以肯定的眼神，凝視著我，不斷釋放訊號。

我為什麼徘徊不前？

恐懼，當然。我害怕。不是怕路艾拉，而是怕我自己。我怕我會幹出很離奇的事情，因為我知道我有這種潛力。

萬一，我壓不住攻擊她的慾望呢？假設我的雙手，完全不管我的意志，自顧自的扼住她的喉嚨呢？假設我的惡行讓我越發興奮呢？

假設我殺了她，假設我姦屍了呢？

我必須強迫自己去思考這些可能性，一旦我無力阻止，該怎麼辦？光想，就讓我反胃。

你已經不是過去的那個人了，我告訴自己。

但內心的聲音回答：江山易改，本性難移。

我也只好等。

等待很容易。我已經等待很多年了。

辛蒂・羅希曼，是最後一個跟我在一起的女孩。

我知道這聽起來很荒謬，不可思議。但上次跟我做愛的對象，是具屍體。死在我的雙手底下。純粹靠運氣，讓我成為漏網之魚；難以想像的福星高照，引領我遠離先前的人生。

這些年來改變還真大！我原本是流浪漢，搖身一變成為生意人，信用等級提升、銀行存款激增，衣櫥裡有三套西裝，還有好些運動夾克，數個服務社團（service club，譯註：非營利的自發性組織，目的是服務人群，就像是他參加的扶輪社）與高級健身房的成員。

我現在清清白白、自由自在。情況再往壞處推，也頂多是貝克斯福爾德警方仍然把辛蒂姦殺，列為懸案；但冷卻已久，經過這麼些年，更為人淡忘。或者，警方早就宣布破案了；在加州的某名嫌犯，連續殺害女性，一時失風被捕，誰知道有多少宗懸案，不分青紅皂白，往他身上一推？不，不，這個女人我連一根指頭都沒有沾過。她是他媽的紅頭髮啊，不是嗎？哪有男人會想幹紅頭髮的女人？

是，對喔。

我不再擔心有人敲我的房門，亮出警徽。我不再害怕貝克斯福爾德警方、聯邦調查局或者國際刑警。

過去不成問題。

問題是未來可能發生的事情……如果我真的放手讓悲劇發生。

冒著損失一切的可能性——她的生命、我如獲新生的大好前途——就我看來，絕非杞人之憂。這樣絕大的風險，不是我準備要承擔的。最好還是抱抱親親，掉頭回家。

只是，再怎麼雲淡風輕，也不可能停在這裡。擁抱，再怎麼淺，也會撩動心靈。回到我的住處、躺在床上，我發現自己總是在想路艾拉。性慾再次席捲而來，力道不歇，我早就記不得這是多久以前才會有的衝動。我想像她躺在我的臂彎裡、在我的床上。我嚴陣以待：幻想失控成為暴力，是我最憂慮的恐懼。

說來也奇怪，現在回想起來。我不敢想像跟路艾拉做愛，竟是擔心我的想像最終成真。

這種情況不可能一直維持下去。路艾拉還需要多少時間，就會歸納出跟麥倫相同的結論？他覺得我是同性戀，還用肢體暗示我。如果她也這麼想……

夠了。明天早上，上班的路上，我會停在藥房，買一小盒保險套。

依舊在她家晚餐，這一次我帶了紅酒。亞登跟我們一道上餐桌，在電視機前，待到上床時間。路艾拉上樓哄他上床，我從餐桌移到沙發，她回來，坐在我身邊。

我們親吻、擁抱。一度，她到了想要邀請我上樓的臨界點，最後還是退縮了。我想她是怕我拒絕。

所以，挑個合適的時機，我跟她說，她從來沒有帶我到屋裡其他地方看看。她的臉龐鬆弛下來，不發一言，牽著我的手，帶我上樓。

她的身體很美好，就像是廣告詞：為了講求舒適，不拚速度而建造的。可愛的胸部、渾圓的屁股，只有一點小肚子。我親吻撫摸，我喜歡觸碰她的感覺、我喜歡她散發的氣息、嘗她身上的味道，沒過多久，我就硬了，而她也濕了。我進到她身體裡。

我忘記戴保險套了。當我想到這一點，卻被她讀透心思。我正待拔身而起，「我吃避孕藥了。」她說。

她的口吻裡，帶著一種說不出的感受，讓我格外興奮。我盡可能的進到最裡面，探索似的，剛開始慢慢的，隨後加速，越發急切，隨後一種難以超越的鬆弛感，進襲而來。之後，不管怎樣，都無所謂了。

她也來了。我的心思一度飄到過去，或者說，進到另外一個現在。我好像跟辛蒂跟凱若琳，還有老天才知道的什麼人，混和而成的女性在一起。我低吼一聲，高潮。

之後，我走下樓梯。瓶子裡大概還剩六到八盎司的酒，剛好給我們倆一人一小杯。我穿好衣服，她披上袍子，乾完手上這一杯，我便啟程返家。

第二天早晨，我打電話給花店，訂了十二朵紅玫瑰。她打電話跟我道謝。我們商量好，她去找個保母，晚上一起吃晚飯。我們急匆匆的吃完，跳過甜點，回到我的公寓，直接上床。這種做法引發她節制的抗議，卻也更加飢渴，格外刺激。

這些年來，除了自己，我再也沒有跟任何人發生性關係。在辛蒂．羅希曼之前的許久許久，我也是淺嘗則止，從不覺得心滿意足，全靠會嚇壞性伴侶的幻想，才勉強做得下去。

我從來沒有被人指為「外遇」的經歷。

反而這次有點像。我們慢慢的發展出一套模式：一週相好三到四次，不在對方的住處過夜。到我公寓來之前，我們會先去看場電影或吃頓飯，或者吃頓飯以及看場電影。有的時候，我到她家吃晚飯，等到亞登睡著了，我再上樓；也有的時候是我們分開吃晚飯，在亞登就寢的時間之後，我才悄悄的上門。

我不只一次來到求婚的轉捩點。就我看來，她的期待很明顯，就在等我開口，結婚是她覺得最理想的結局。但我們倆從來沒觸及這個話題。

我在等什麼呢？早在我們聊大黃的時候，我就知道我想娶眼前這個女人。從那個時候，我也知道我們倆在一起會很有意思。我們精神契合，就算沉默，也跟聊天聊到眉飛色舞一樣，怡然自得。我可以在她面前毫無隱瞞——除了，當然，我無法揭露的那一塊。

還不只。她穿牛仔褲配毛衣、裙子搭配襯衫，甚至比裸體還好看。在床上，有她喜歡做的事，也有喜歡別人對她做的事。

講到她的工作，簿記（bookkeeper），有個她覺得特別可愛的特點。她說，這是在英文裡，唯一有兩個O、兩個K跟兩個E的字。

「截至目前，據我所知啦。」她說。

某個夜晚，大約是我們在一起後的三個月，我想嘗試點新鮮的玩意兒。「有件事情，我想我們倆應該試試。」

「喔？」

「你就那樣靜靜的躺著，」我說，「一動也不動。」

「就像睡美人？等你親我，我就醒來？」

「喔，我會親你。」我說，「我會摸你，我會壓在你身上，進到你裡面。但你要繼續睡著。」

「我不能動？」

「不能。」

「就像是被綁起來？」她說，「只是沒有繩子。」

「也沒有知覺。」我說，「你根本不知道會發生什麼事情。如果你有感覺，就當它是夢。」

「如果你讓我來了呢？」

「那就是夢裡的高潮。」

她遲疑了。我發現這或許不是個好主意。我事前沒準備，字眼就這麼從嘴裡流出來，傳進她的耳裡。而我，跟她一樣驚訝，而且——

我說，「我想這個點子實在不怎麼樣。就是腦海裡閃過念頭罷了。」

「我想要做。」她說。

「你其實不需勉強。」

「不，我是認真的。我想要做。我又不是什麼事情都做得到。躺在那裡就好？」

我點點頭。她閉上眼睛。任我為所欲為。

她就這麼躺下了。舒舒服服的，跟死亡一樣。我開始用我的方法服侍她。我的方法，也算是她的方法，因為我做的事情，都是從先前經驗學來的，都是為了她。

起初，我很興奮。她那種刻意裝成無動於衷的姿態，把我撩撥到難以自拔——但她卻一無所知，她正在模擬的，其實是屍體。然而，我卻被我的自覺嚇壞了，我知道這種做法很不應該，總有一天會鬧到無法收拾，只會讓我們剛萌芽的關係，跟著陪葬。我甚至想像，她正在觀察我、判斷我。

然後，就在我改用嘴的時候，情況變了。

她變得興奮起來。

我知道，我也確定，只是沒有證據。她還是僵在那裡，一動也不動。也許呼吸有點急促，也許也沒有。她的行為感覺起來沒變，但能量變了；我心裡清楚，但無法界定。

我心裡的某種積鬱釋懷了，某種隱喻上的糾結，找到方法解開。迷霧退盡，烏雲消散。我正在做的這檔事全然將我攫取，深陷其中。

現在，大出自己的意料之外，我感到一種掩飾的需求。我坐在桌前，就像記錄生死簿的惡魔，文字像小溪一樣，汩汩流出。我的靈魂彷彿每天都要來上一劑福洛麥克斯（Flo-Max，譯註：治療良性前列腺肥大的藥物）似的。我下筆有神，抒發內心最深、最見不得人的秘密，描繪出令人髮指的細節，不用費什麼力氣，百無禁忌。

但寫到我跟路艾拉的冒險，卻顯得手足無措。我得搜索枯腸，尋覓文字，每一句寫下來，都磕磕絆絆，經常是成篇累牘的刪去。

先寫嘛，我跟我自己說。先把字寫下去。日後可以回頭來修。

但我卻不住的按倒退鍵，把文字清光，從頭來過。看來我無意間闖進某個隱私空間，我的或者她的，顯然，我還無意入侵。

而，你知道，我無法永生。我只能遮掩。

「喔，親愛的，你是怎麼想出這個點子的？你又怎麼知道我會喜歡？」

「你喜歡嗎？」

「我沒有來。不算真的有。有點像是要來，但不是我的身體。我這樣講合理嗎？」

「我想我知道你的意思。」

「我想的是：如果我沒有把持好，真的會來。這次，有一部分的我坐在觀眾席上，你知道嗎？在看，感覺很好。但，下一次——喔！」

「怎樣？」

「嗯，也許你不會再做一樣的事情。但是，你很喜歡吧？是不是？」

「你分辨不出來？」

「我只想確定一下。」

然後，一兩天後：「喔，我現在很睏。你看嘛，我在打呵欠，眼睛都睜不開了。我知道還早，但是，如果現在就上床的話，應該也無妨吧？」

「聽起來很不錯。」

「實在好累。我把衣服放在這邊的椅子上，因為累到沒力氣掛好。我只知道我的頭一沾上枕頭，馬上就會睡死。」

我一直有點懷疑，我們第一次的「睡美人」遊戲，過於驚悚，對她對我而言都是如此，刺激感不免打了折扣。但二度上馬，構想是否太過火的憂慮，不復存在，所有環節都跟第一次一樣，甚至有過之而無不及。

這一次，我可以感覺到，每次高潮即將來臨，她會刻意壓抑；而我也是持續按捺，直到再也忍不住。我不禁叫出聲來，這時她的防線崩潰，放下拘謹，用她的身體肆意回應。

事後，喝了幾杯低咖啡因咖啡，我告訴她，我想，我們應該結婚。

「喔，親愛的，」她說，「我想我們已經結婚了。」

從此以後，我們過著幸福快樂的日子。

打這個句子，幾乎花了我一輩子的時間。始終無法按照正確的順序，按下正確的字鍵。分明這般簡單，花不了多少時間。但聽著我心頭浮現的一字一句，睜開我心靈的雙眼看清楚，好容易才讓我的指頭，按在正確的鍵上。

費盡千辛萬苦，終於完成這個簡單的動作。我不知道坐在椅子上多久，盯著這十五個字看。一遍又一遍。

我把那一小句話，框起來，一個按鍵，就可以悉數清除。但我移動游標，輕輕的按下滑鼠，留下那句話。

然後，關掉電腦，完成今天的寫作。

這已經是我的習慣了，打從我開始隱姓埋名的寫作計畫之後，我每天都會坐在電腦前面，把我想說的話寫下來。偶爾，我會缺個一兩天，多半是因為我忘了，或者是忙得抽不出時間。

這是頭一遭，我刻意避開電腦。

絕不是我不再回想過去了。恰恰相反。

還是因為我的作品完成了？行文自然而然的止於當止的結尾？「從今以後，我們過著幸福快樂的日子」——所以，完美的收場？畢竟，跟孩子講故事的時候，這是一個傳統的作結方式。

至少以前是這樣。我不大確定現在的孩子還信不信圓滿結局這一套。

不，不開電腦並不會讓我走馬燈般的思緒，就此暫停。接連三天，它們都在我腦海裡面奔騰，現在，我又坐在電腦前面，手指不斷的敲打鍵盤。

因為，態勢很明顯，唯一能夠清理心思的方式，就是把那些內容，倒進電腦去。

所以：我們過著快樂的日子。

婚禮的規模很小，簡簡單單。好些年以前，我曾經參加一個長老教會，作用跟我加入扶輪社、國際同濟會以及獅子會差不多。有點歸屬感，總是比較好。我每年都會寄兩次支票給他們，算是保留信眾資格，跟我週日去參加禮拜的次數相比，還算勤快一些。

路艾拉是在某個新教教派家庭裡長大的，只是我不記得是哪一個。杜恩・薛普利原本信奉天主教，隨後轉成無神論，對於教會的那套，極端厭惡，批評得一無是處。路艾拉猜想是某個披著神袍的孌童癖，把他逼成如此憤世嫉俗。不管是什麼來由，反正，他堅持在市政廳舉行儀式，絕對不跟宗教沾上半點邊，幸好路艾拉也無所謂。

在成為寡婦之後，她被一兩個閨密帶去參加週日禮拜，幾次之後，無疾而終。還有一次，某位鄰居有個跟亞登差不多大的孩子，問路艾拉能不能帶亞登去參觀他們的主日學校，於是亞登只好被半強迫的連續三週跟著去上課。

她問亞登喜不喜歡？「不怎麼。」他說。發現亞登無意繼續上主日學校，路艾拉鬆了一口氣。

我認識一個郡法官可以幫我們證婚，但我想寄了這麼多年支票，討點人情回來也是應該的，問路艾拉，舉行長老教會儀式，她覺得合不合適？她覺得這個點子真的很不錯，於是我們兩人去找牧師，商量辦個小小的婚禮。

她唯一還有聯繫的親戚就她的姐姐瑪麗安，長大以後念印地安那州立大學，畢業後在學校待了一會兒，便週期性的來往於科羅拉多與加州之間，但遲早她會回到特雷霍特（Terre Hauter，譯註：在印地安那）。姐妹倆在耶誕節互寄卡片，一年總有一兩次，路艾拉會在三更半夜接到瑪麗安打來的電話。

我自己就撞過一次。那時我在路艾拉的臥室，電話鈴聲響起，我們才剛剛關燈。我離開房間，給她保留一點隱私，等我回來，她說瑪麗安打來，我猜想，她大概是喝多了酒，但也不十分確定。

現在輪到路艾拉，滴酒未沾，打給瑪麗安，請她擔任她的喜娘（matron of honor，譯註：根據美國的習俗，一般是由已婚婦女擔任）。「她好開心，」路艾拉回報說，「馬上糾正我，她做的是伴娘（bridesmaid），因為她現在又單身了。我真不知道再見到她，會是什麼模樣？特雷霍特，算算，大概要開四小時的車？之前她開過來一次，參加杜恩的喪禮，從此以後，就再也沒來過了。」

「你也從來沒去過特雷霍特？」

「我從來沒去過特雷霍特。去那裡的唯一理由就是探望瑪麗安，但，也沒什麼理由，這麼麻煩跑大老遠。她是我唯一的家人，一年總有個兩三次，多喝了幾杯，抄起電話跟我聊會兒；否則的話，我們真的要失聯了。你的家人呢——」

我是在寄養家庭長大的，我跟她這麼說，編造一套說詞：我的寄養父母生性嚴肅，不大容易親近。他們接納我的時候，都已經五十好幾了，想來現在已經作古。

她看著我。「以後我們就是家人了。」她說。

於是，我們真的成為一家人了。幾個月之後，我跟亞登也慢慢混熟了，有一天，我認為時機已然成熟，帶他到一邊去，問他，願不願意被我收養？我跟他說，不用急，可以慢慢想，他的回應是張開雙臂，抱住了我。我就此成為他的父親，他不再是亞登・薛普利。這個名字還滿特別的，一度理所當然，但將會改成亞登・湯普森，普通得緊，而且來歷不明。

「亞登・韋德・湯普森。」他說，試著在舌尖體會他的新名字。他莊嚴的點點頭，對於新名字很滿意，但是他的音調卻給我新的靈感。

「你知道嗎？」我說，「你第一個爸爸是個好人，你的名字也很好，也許你想保留在中間？」

「所以，不要韋德了？」

「多一個名字有什麼不可以呢？你記不記得發明電報的那個人？」

前兩天我們在看《危險邊緣》（*Jeopardy*，譯註：美國老牌智力競賽節目）的時候，曾經猜過這個問題。他很快的把謎題跟答案說出來。「『誰是山繆・F・B・摩斯？』F跟B是哪兩個名字的縮寫？」

谷歌很快的回答他的問題。

「山繆・芬利・布里茲・摩斯。」他唸道，「亞登・韋德・薛普利・湯普森？還是薛普利・韋德？」

「我覺得韋德・薛普利比較好。」

「亞登・韋德・薛普利・湯普森。」他說。在晚餐桌上，他又講了一遍，盯著母親的眼睛看。「你覺得怎麼樣？」

「我覺得好可惜，已經有人發明電報了。」她說，「但我相信你一定會發明讓人印象更深刻的東西，在歷史上，留下這個響亮的名字。」

「發明什麼東西？」他著實想了一會兒。「你們覺得這個棒不棒？人體傳真機。你走進一個小房間，按下號碼，馬上就把你傳到辛辛那提？」

他看來很高興，有了新父親。就連我都覺得有子萬事足。

不到兩年之後，我們又多了一個女兒。

「女生。」路艾拉說。她把超音波結果告訴我們倆。「給亞登一個妹妹。給你一個女兒。」

「還有給你。」

「對，還有給我。你知道嗎？如果再生一個男孩，我會好開心。恩賜就是恩賜。

有個女孩不也是很好的祝福嗎？」

幾乎就在下一秒。「突然之間，我好累，親愛的。我會覺得很丟臉，連眼睛都睜不開了。如果我把衣服脫在這裡，直接上床睡覺，會不會很糟糕？」

現在，我們一家有四口：路艾拉、亞登、克莉斯汀跟我。那時，我們已經搬到一棟擁有四個臥室的老房子裡了。亞登上學很方便，距離他將來可能上的高中也不遠；而我走路去店裡，不用二十分鐘。

湯普森道斯五金家用品。在波特．道斯先生過世之後，我保留原本的店名，既是慣性也是尊敬；一直到我跟路艾拉在一起之後，才把自己的姓氏添上去。路艾拉充當我的簿記員——兩個O、兩個K、兩個E——問我為什麼不用自己的名字當店名呢？

我說，每個人都知道道斯五金家用品；她說，大家也都知道實際營運的老闆叫做約翰．湯普森。換個招牌，與已故的道斯先生一道分享，有何不可？而且呢，這也是一個藉機打折促銷的好理由，盈餘，足以支付改名所需的費用。

「更何況，在潘德維爾又有誰知道波特・道斯先生呢？店名叫做道斯五金家用品，一定會害他們搔破頭皮吧？除非是當地人把搔頭皮當成一種運動，不管了，如果你把店名改成湯普森道斯五金家用品——」

「生意會好到連家得寶（Home Depot）都眼紅。」我說，「湯普森與道斯？」

「我覺得湯普森道斯就好。中間要不要連接號呢？」她拿起一枝鉛筆，把兩個版本都寫下來。「我想還是不要連接號比較好。」

老店距離新家不到一英里，天氣好的時候，我經常走路往返。潘德維爾分店一開張，就很賺錢；我的幕後隱形合夥人，艾維爾・肯納利推薦他的姪子，擔任分店經理。我知道這完全符合「裙帶關係」的定義，但事後證明是高招。分店不怎麼需要打理，生意就運轉得很好。我每週開車去那裡一次，有點像是領主巡視，喝杯咖啡，跟艾維爾的姪子講會兒話，遇到我必須決定的營運方針，當場拿定主意。同時，我還得不斷抗拒擴張的誘惑。我很開心有第二家店，但兩家店足矣。

我也很滿意我的新家。搬進去第一天，就覺得很合適；不需要大規模改裝。廚房跟兩間浴室剛剛整修過。後院的花園種了好些灌木跟長年生植物，除了除草、修剪之外，也不需大費周章去維護。

湯普森道斯供應我們各式各樣的工具。需要整理門廊的時候，油漆也直管從店裡拿。亞登過完十四歲生日之後沒多久，在他的諸多要求中，又多了一項：建議我們把三樓的閣樓整理一下。只要把隔絕設施做好，他強調，就可以省下供暖的費用；再如果我幫他把閣樓裝潢成臥室，他就可以在上面玩音樂，不至於吵到任何人。

「我原來的房間，可以做為家裡的第二辦公室。」他說，「我不知道，還是視聽室，或者做為其他用途？你知道的，如果我們一起動手改裝閣樓——」

「會很好玩？」

「也可以訓練出日後派得上用場的技能。」

我不大確定能訓練出什麼新技能，日後又在什麼時候，才派得上用場。但是，改裝住家是很好玩。只是才一動手，就發現遠比我們料想得麻煩許多。在亞登原本的計畫裡，並沒有包括把閣樓改裝成寢室；路艾拉提醒我們，增加一間臥室，牽涉到很多管線的重新安排，必須找專業建築師來設計，實在是有先見之明。

「臥室改裝工程，沒有你想得那麼簡單。」我告訴亞登，「得花更多時間規畫、花費更高。」

他點點頭。我看得出來，他把這番話暫時歸檔，束之高閣，但不會輕易忘卻。

我「擱筆」，躊躇不前，算算，差一天，剛好滿一週。先是胡亂找個理由，休息兩天。然後回來這裡，坐在電腦前，打開檔案，想到一個谷歌能夠很快回答我的問題。我在網際網路上磨蹭了一兩個小時，以前覺得很無聊的訊息，現在都讀得津津有味，隨後關機，闔上筆記型電腦的螢幕。

有一天，我把先前寫下的故事，讀了一遍；以前，我極力避免，這當然有很好的理由。讀完，我深陷焦慮，那天，隻字不曾輸入。第二天，我又坐在電腦前，打開上次留下的檔案，寫下一個句子，刪掉；再重寫一次，還是刪掉。最終放棄，檔案——或者虛擬空間的文字組合，隨我愛怎麼稱呼它——跟幾小時前，打開來的時候，一模一樣。

但我現在發現自己又增添新的文字了，就是前面楷體字的段落；不過，我寫的是寫作的歷程，沒什麼實質的內容。

我為什麼無法繼續下去，其實不難察覺。

我們現在過得很快樂。就我看來，在我的文字中，很成功的傳達出這種幸福感。未來的生活，也應該會很順遂。何需畫蛇添足？

因為我們真的過得很快樂。我們一家四口——不對，五口，怎麼能忘記那隻狗呢？卻斯特，來我們家，算算接近三年，已經是家中的一份子了。體格不小，品種不明，有一天跟著克莉斯汀從學校回來。

沒有狗牌、沒有項圈，沒有可以證明牠打哪兒來、主人是誰的線索。牠的尾巴不住的搖，好像要把送牠去動物收容所的念頭，趕緊搖走。獸醫說，牠沒有植入晶片、找不到任何飼養訊息，也沒有什麼嚴重疾病。「大概三歲吧，約翰。牠不會再長了，如果你們餵食得好，可能還會再胖一點。至於牠的父母是什麼來歷，這個嘛，我想，我看得出有些牧羊犬的血統，除此之外，就判斷不出來了。我猜的結果跟你猜的結果，不會有什麼分別。」

我們張貼了「失狗啟事」，兩天之後，卻發現我們開始憂慮，生怕電話因此響起。不管是誰遺失——或者，更可能的，棄養這隻狗——要不是沒看到我們的啟事，就是壓根不想理會。

所以，我們給牠買了個合適的項圈、一條狗鍊、一個狗食盤跟一個飲水碗，獸醫幫牠植入身分晶片，路艾拉填好表格，付了申請費。

牠已經有名字了。把牠引回家的克莉斯汀一直管牠叫卻斯特。沒人知道為什麼，但也沒人反對，至少狗狗本身，從未表達過異議。只要一聽到有人叫牠的名字，耳朵馬上就豎起來，小跑步到你身邊，讓你拍拍牠的頭。

任何可能拆散我們家的問題，卻斯特都有辦法解決。毫無爭議，牠是家中寵物，但如果你沒有家，又哪裡來的家中寵物呢？

但牠卻是畫下終點的起點。儘管，你也不好怪罪牠。

「爸，我正在思考。」

「思考這行業有點危險。」我說，「但時不時，會有豐厚回報。」

「蛤？喔，好啦。不是，我在想上大學的事情，還有以後的發展。」

「喔？」

「就像是，你知道的，我這輩子要做什麼。」

「這思考很深刻啊。」

他點點頭。虛比上下引號的手勢。「『深刻思考』。有一部分的我呢，想去雅典的俄亥俄大學念四年，然後回來幫你打理湯普森道斯。」

他在放學之後，就會到店裡幫忙，整理庫存，招呼上門的顧客，還算是相當能幹。我的心裡一直暗地盤算：希望他或者他妹妹，在我做不動的時候，能把家族企業接過來。

我說，「一部分的你。還有另外一部分呢？」

「喔，我還在思考。」

這次虛比出引號手勢的人換成我了。

「對。」他說，「『深刻思考』。我想的是……我想的是，將來當獸醫（vet，譯註：退伍老兵veteran，有時也稱為vet）。」

我被他弄糊塗了。一時之間還以為他想從軍，要不然怎麼會變成退伍軍人？然後他提起上次帶卻斯特去注射加強疫苗跟一般性檢查的時候，認識了羅夫・戴班索醫生，然後呢——

「啊，我的老天，原來你說的是看狗狗的獸醫啊。」

「你覺得這個點子很糟嗎？」

「我想比當步兵要好一點。你說『獸醫』，我還以為你想要當兵呢。」

「我？」

「跟我原先的期望實在相差太多了。」

「天啊，希望不要。不，我是覺得做羅夫醫生的工作，應該很不錯。」

「當獸醫，而不要——」

「幫人看病。一般被人稱為醫生的那種工作。」

「就是這個詞。」

「我考慮過這個可能性。在媽媽生病的時候。」

乳癌。幸好早期發現，癌細胞並沒有轉移。她切除乳房，接受短時間的放射線治療；現在已經脫離癌症的糾纏，也不用擔心有復發的可能。

除了，當然，總有例外。也就是說，在人類生存的沼澤中，永遠不乏鱷魚擇人而噬。

「但是呢，上醫學院根本就是折磨。」他說，「每個人都這麼說。很難進去，更難熬得過去。當實習醫生，他們每天起碼要你工作二十小時。」

「這種工作的確需要堅持。」

「這其實還無所謂，只要我肯用心。但是，對我來說，注射狂犬病疫苗要比告訴別人，你奶奶不會好了，趕緊辦喪禮吧，來得簡單點。我跟蘇珊說，我想念獸醫學校，她說，為什麼不乾脆上醫學院就算了？我說，跟人比起來，我比較喜歡動物。」

「這麼想也無妨。」

「我只是想……你知道嗎？我只是想要說服你而已。」

「你的話裡有好些實情。」

「對啊，的確。就算是發生醫療失誤，也不會有『人』對你指指點點，或者直接訴諸法庭。雖然，我覺得牠們的飼主可能會。」

「沒那麼常見。」

「沒錯。反正呢，我還不需要做最後決定，但是——」

我說，「你說不定可以像影子一樣跟著（shadowing，譯註：如影隨形，但也有實習的意思）羅夫醫生。」

「喔，你是說像偵探？要閃閃躲躲的？」

倒不用模仿偵探，也犯不著鬼鬼祟祟。他直接跟羅夫・戴班瑟醫生說明他的興趣，他們讓他每週課後去診所兩次，跑跑腿，打打雜，看看戴班瑟醫生要他幹嘛，就任憑使喚。戴班瑟醫生內向保守，話不多，不難想像他為什麼喜歡跟動物相處，不怎麼願意跟人打交道；但他挺喜歡有亞登作伴，慢慢的聊成知己。

某次晚餐前的傍晚，亞登把卻斯特叫來身邊，命令牠坐下，一隻手按住牠的額頭。「啊，我接獲重要情報，」他說，語氣鄭重，「終於查清楚你的身世之謎了，卻斯特。」他的眼睛環顧室內，一個人、一個人的凝視。「你是牧羊犬混血種。」他說，

「這不是我們已經知道了嗎？」

克莉斯汀問他，到底在講什麼？

「我講的是郤斯特的血緣。」他說，「牠其實只有四分之一的牧羊犬血統，比利時牧羊犬，不是德國牧羊犬。但我們家老郤斯特更多的是羅威納（Rottweiler，譯註：德國大型犬）血統，百分之五十，所以非常可能牠的爸爸或媽媽是純種的羅威納。」

他是怎麼知道的呢？「喔，我自有妙計。」他說，然後逐一把步驟拆解出來，讓我們明白原委——在阿拉斯加史密斯堡有間公司，一百塊錢，就可以提供狗狗的完整基因輪廓。你只要呢，開張支票——或者，按照亞登的做法，動用自己在伊莉莎白街郵局的存款，兌換匯票寄給他們——他們就會寄一個套裝用品袋給你，拿出裡面兩支超大的棉花棒，往狗嘴巴兩側用力刮兩下，分別放進不同的塑膠試管裡面，再寄回去就成了。耐心等待吧，等到你幾乎把整件事情都忘光了，他們就會把鑑定報告寄還給你。

他是在下午接到報告的，結果斬釘截鐵。百分之五十的羅威納，百分之二十五的比利時牧羊犬，其他百分之二十五無法判定。

他的臉閃閃發光。郤斯特搖搖尾巴。

一九四二年十一月，在我誕生前的兩年四個月，溫斯頓・邱吉爾在倫敦市長官邸發表演說。亞歷山大與蒙哥馬利將軍終於在埃及的阿拉曼，擊潰了隆梅爾的非洲軍團，讓邱吉爾第一次有機會慶祝勝利。

「這並不是終點。」他說，「甚至不是終點的起點。但也許卻是起點的終點。」

我忘了在哪兒看過這句話，好多年前了，決定查個明白，確定記憶無誤。我鍵入「邱吉爾起點的終點」，谷歌提供我正確的原文，還有好些詳盡到我根本不知道能幹嘛的資訊。我全部都讀完了，覺得很有意思，很高興能夠把我的心思帶開，暫且把不知接下來如何發展的憂慮，拋在一邊。

起點的終點。

在那時，我根本毫無概念。我幾乎跟亞登一樣的驕傲——居然會想到辦法，調查出卻斯特的身世，我並不十分在意卻斯特到底是哪種狗，卻很驚訝亞登能夠善用各種資源，神不知鬼不覺的解決一道難題。羅威納這個名字在我腦海召喚出一隻體格壯碩、衝力十足的野獸，上下顎闔緊，會咬死任何潛在威脅，保護家人安全。看來，我們對於卻斯特有了更進一步的了解，牠不只是挺好玩的夥伴而已，有人說，血液會講話，我想，ＤＮＡ也會。

啊，對啊，ＤＮＡ。

這種特殊的分子，被稱為ＤＮＡ。早在一八六〇年代，瑞士化學家約翰·弗雷德里希·米歇爾（Johann Friedrich Miescher）就已經確認。你可能不知道吧？我也毫無概念，直到幾分鐘前，谷歌才告訴我。

一直要到一個世紀後，一九五三年，詹姆士·華森（James Watson）與弗朗西斯·克里克（Francis Crick）才找到了雙股螺旋結構；接下來幾十年，全世界通力合作，研究ＤＮＡ的組成——以及ＤＮＡ的運用。

十五年後，來到一九六八年，在這關鍵的一年裡，走了一連串耳熟能詳的名人：約翰・史坦貝克、海倫・凱勒、尤里・加加林、塔盧拉赫・埃德納・費柏、厄普頓・辛克萊、諾曼・湯瑪仕，還有，馬丁・路德・金恩。

千萬別忘了巴比・甘迺迪。還有一個跟他相關的人，除了我之外，可能不再出現在其他人心裡，辛蒂・羅希曼。

一九六八年，一個男人走進酒吧。他可能聽過去氧核醣核酸的字母縮寫，但顯然沒留下什麼印象。口袋上繡著巴弟的那個男子當時鮮少留意新聞，更別提科學進展與諾貝爾獎了。

其實，我應該更密切注意DNA才對。不只是我，任何人都需要有異常的先見之明，才能了解華森與克里克的發現，究竟多麼重要。

假使我真的擁有未卜先知的能力，在我用辛蒂・羅希曼的屍體作樂之前，應該戴上保險套。

為什麼呢？一般來說，在那當口，只有兩種理由需要這種包覆式的保護，但都不在我的考慮範圍內：一個是避免懷孕、一個是預防性病。

我犯不著擔心她會懷孕吧，沒有任何男人，不管生殖能力有多強，都沒辦法讓一具女性遺體懷孕。我猜，就算是伴侶已然死去，也是有可能感染梅毒或者淋病；但是，我那時哪裡想得到ＶＤ（譯註：venereal disease，性病）？當時的人認為性病跟感冒差不多，是享樂之後的後遺症，一針盤尼西林，藥到病除；你在淋浴的時候，會穿雨衣嗎？是不是？或者穿著襪子洗腳呢？

現在，當然，沒人再用ＶＤ這個詞了，流行的是ＳＴＤ（sexual transmitted disease）。我一直不確定性行為傳播疾病為什麼會比以前我們習慣用的性病好；就像我也想不明白為什麼person of color比colored person（譯註：colored是美國種族隔離時期常用的字眼，具有強烈的歧視意味，單就文法而言，雖然詞性不同，兩者差異卻不大）來得政治正確。

不管是什麼理由，你今天最常聽的字眼就是ＳＴＤ，種類層出不窮，盤尼西林以及它的衍生類型，多半拿新型性病無可奈何。好些性病可比感冒嚴重得多。在過去的一、二十年中，得到其中一種——愛滋病——幾乎無一倖免。直到現在，愛滋病還是無法完全治癒，但患者至少可以存活比較長的一段時間。年復一年他們可能會相互打氣：跟傷心牛皮癬（heartbreak of psoriasis，譯註：就是乾癬，經年糾纏，極難治癒）相比，得愛滋也不算多嚴重。而我猜，好歹也是先享樂，後受罪。

這樣不著邊際的想下去實在很簡單。讓鍵盤上的手指捕捉飄忽不定的思緒，注定徒勞。找出一個幾近精準的表達方式，幾經思量，又竄出更合適的字眼，推敲過程實在讓人覺得很滿足。

總比推開諸般瑣事，繼續往下寫，要來得簡單。

手指運筆如飛，文句傾洩而下，
不過滿紙荒唐，
既未彰顯對神的誠敬，
也沒有展露智慧的語鋒
我禁不住誘惑，想要刪去半行，
卻淚如雨下，一字不捨。

我倒沒有這麼敝帚自珍，但卻花了十五分鐘，絮絮叨叨的扯了一堆，最後，按下消除鍵，請它發揮應有的功能。

省省這些廢話，巴弟。日子先這麼過下去再說。

我不知道是哪些另闢蹊徑的法醫先鋒，想到可以用DNA做為調查工具。我也沒法告訴你，我最早是在什麼時候知道這回事的。但態勢越來越明顯，如果你犯罪，這玩意兒能讓你受到法律制裁；如果你無辜，它也可以還你清白。牢門「砰」的一聲打開，一個原本放棄希望，不認為自己能活著走出監獄的囚犯，突然之間，天地寬闊。或者牢門倏地關上，把自由視為理所當然的人，就此得在欄杆後，了此殘生。

這些人的生活環境，跟俄亥俄州的五金店老闆約翰．詹姆士．湯普森也相去不遠。沒人追究我施加在辛蒂．羅希曼身上的暴行，至今逍遙法外。在我走進那家酒吧之後，生活沒什麼改變，除開偶爾遇上臨檢，沒有任何警察注意到我。我從未遭到逮捕，從未被採集指紋。我始終不覺得我的指紋曾經留在犯罪現場，就算有好了、就算鑑識人員的能力，出類拔萃，單憑這麼點線索，想來也查不出什麼。

但我弄得她一身DNA，不是嗎？我留下好多基因指紋，隨著時間的流逝、科技的精進，我慢慢明白這意味著什麼。

當然，也可能我根本是白操心。誰說得上來當年辛蒂的現場鑑識做得有多徹底？保存的狀況又是如何？她根本沒有機會抓到我，在她的指甲裡，想來並沒有我的DNA；但他們如果保留了我的精液怎麼辦？假設過了這麼多年並沒有遺失，或者降解到無法進行法醫鑑識呢？那麼，他們非常有可能抓到我。

如果我變成了嫌犯、如果我引起他們的注意、如果他們挑上我，用棉花棒刮我的口腔，從上皮細胞取出洩漏天機的DNA——如果當真發生這種事情，那麼站在法庭上的檢方，就有堅實的科學證據，自然也會聘請厲害的專家，跟陪審團解釋，另外一個人的DNA跟我雷同的機率是百萬、兆還是千兆分之一。

但他們得先逮到我，然後才有辦法刮我的口腔；但在把我列為嫌犯之前，要怎麼知道J・J・湯普森的存在呢？湯普森道斯的老闆，態度那樣的低調溫和。我的新生活為什麼會驚動他們的注意呢？

我現在還非常清白，不是嗎？

但是，隨著時間的流逝，清白開始搖搖欲墜。DNA資料銀行的建立，等於是說每個被抓的嫌犯，少不得被刮口腔，送進系統裡比對。如果走進另外一間酒吧，無論是在俄亥俄、加州或者美國其他地方，重做一遍對辛蒂‧羅希曼的惡行，不幸失風，順藤摸瓜，一路往前追蹤，貝克斯福爾德的陳年舊案，說不定就會被翻出來，在塵封的證據中，比對出一個吻合的樣本。

如果當年蒐證得很仔細，證據也沒有遺失，或者——

不管了。科技日新月異，雖然落後好長一段距離，我還是勉強尾隨。我錯過《CSI犯罪現場》，就是場景設定在拉斯維加斯的那一季，首播時間剛好撞上我固定的保齡球之夜；但是，光在晚餐桌上聽他們閒聊，也能掌握個大概。隨後衍生的諸多系列，邁阿密、紐約，路艾拉跟我會一起收看，多半是趁亞登不在的時候。

在此之前，如果週六晚上在家，我們也會看《美國通緝要犯》。一度我幾乎有點期待在這個影集裡，能夠看到一九六八年辛蒂・羅希曼的謀殺事件。路過的摩托車騎士事隔多年，挺身而出，突然想起某個車牌上的幾個字母跟數字。公路之家的某位酒客也剛好記得穿著工作服的男子，口袋上繡著名字，彷彿是巴弟。

某個週六晚上，她的照片真的出現在電視螢光幕上。

如果節目沒提她的名字的話，我多半認不出來。照片應該是從高中畢業紀念冊裡面翻攝出來的。在跟我的道路交錯之前，她的日子大概過得很辛苦，走過不短的滄桑歲月。我端詳半天，只覺得那人滿面善的。隨後，聽到她的名字，還有點預期我的名字會緊跟在後面。我指的是我原本的名字。他們不大可能知道我現在姓湯普森。

如果他們真查得出來，早就有人敲我們家的門了。

他們手上的線索非但扯不上我，甚至連辛蒂・羅希曼這個人，都勾勒得不算清晰。他們現在鎖定的嫌犯是：戴眼鏡的中年男子，在太平洋沿岸擔任二手車銷售員，看過他的人都覺得他的模樣很像是會計師。曾經在奧勒岡州尤金市某酒吧，跟人爆發衝突，最後警方把所有人都帶進警局。

我忘記警方靠怎樣的線索追到他的、也忘記那傢伙的名字，只知道他在偵訊過程中，突然崩潰，坦承他最近強暴過一個女大學生，以前陸續犯下幾起強暴案，還造成兩名當事人死亡。

附近區域的警方全都鎖定這名嫌犯，所有的懸案都往他身上扯。辛蒂・羅希曼命案也是其中之一，她的名字跟照片，再次密集出現在各媒體上。貝克斯福爾德警方信心滿滿，一度以為凶嫌已然落網；但是後來卻黯然宣布，時間點並不吻合。此外，他們還說，有確切的證據可以將此人排除在嫌犯名單之外。

我曾經跟貝克斯福爾德警方一樣樂觀。問題是他們無法蒐集足夠紮實的證據起訴這名汽車銷售員。其實，他們只需要相信人是他殺的就行了。奧勒岡警方有確切的證據認定就是他犯下罪行；貝克斯福爾德警方只需逕自決定他就是殺害辛蒂的凶手，順勢結案即可。

但情勢發展不如人意。坐在電視機前面的我，試著將好消息跟壞消息分開。好消息是如下的事實：這個壞蛋銷售員在有生之年，再也不會出現在任何城市的街頭上，而我呢，也沒有引起執法當局的注意。

壞消息呢？這個案子，不管已經蒙上多厚的灰塵，終究還是重啟調查了。證據也

比過去具體。如果有足夠的證據排除汽車銷售員；有一天，自然也會有足夠的證據可以將穿巴弟襯衫的人，納入調查。而正是此人

「犯下罪行」。我的想法停在這裡。昨天我離開鍵盤之前，腦海縈繞著這個句子。我經常留根尾巴，翌日好有個頭接下去。有時一「擱筆」就是接連好幾天，才會回來繼續我自己分派給自己的古怪工作。這樣一來，便不會茫然毫無頭緒。

我必須要打斷自己。我必須要衝進當下。因為昨晚，有人來找我。不，不是我害怕的那個，面無表情的制服員警，冷不防的來敲我們家大門。

來者是辛蒂・羅希曼。

我想，我睡著了，仰臥、四肢伸展，躺在雙人床的左邊。在我身邊的路艾拉，聽起來也睡得很沉。

「喔，這老糊塗在做夢呢。」

你是不是這樣以為？對吧？辛蒂・羅希曼這些年來，不時出沒在我的夢境，迂迂

迴迴、閃閃躲躲，在隨意串起的夢境故事裡，時而驚鴻一瞥，時而戲份吃重。我不大記得她在夢中造訪的諸般細節，一般我只知道她曾經來過。或者，出現一個無名的角色，一轉身，赫然發現她竟然是辛蒂。或者，我拿起報紙，頭版標題看不甚分明，但是照片我一眼認出來了，就是她。

或者——甭提了。這都是夢啊。我盡力召喚出飄渺的記憶，裡面的她，再怎麼樣，也只有模糊的形象。事實上，我可能夢見她幾千幾百次，只是不曾意識到罷了。夢。就我了解，是心靈休息時分類、處理那些並不容易面對的元素。這豈不是一種實驗？連做夢都想迴避的事物，不就是清醒時，無論精神還是情緒上最脆弱的環節？

昨晚不一樣。

我睡在床上，感受到一種存在，我並不知道那是什麼，卻怯於親眼一看。好不容易，我鼓起勇氣，睜開雙眼，她在那裡，我馬上就認出來了。

她穿著圓領襯衫，貼身牛仔褲、一雙長靴。她老得多了，但不是她如果還活著，現在該有的年紀。大概是四十好幾接近五十的樣子，好像是在陰世的一年等於現實的兩年似的。

這是我剛剛回想到的。那時，我滿腦子只知道她是辛蒂・羅希曼，我殺害的那個女人。在我家、我的臥室，站在我的床腳前。

她藍色的眼珠，亮晶晶的，很快就鎖住了我。

她的眼睛，她的眼睛。我有一半的把握，記得是藍色的，但不是百分之百的篤定，儘管我始終記得生命光芒從她眼睛消逝的那一剎那。在記憶裡，它們沒有任何顏色，很古怪，像是一個空洞洞的圓圈，「孤女安妮」（譯註：這是美國一九二四年開始連載的漫畫，主角是個小孤兒安妮，眼眶裡沒有眼珠）的眼睛，睜得大大的，若有所思。恐懼，或者狐疑吧，我想。

「嘿，這不是巴弟嗎？」她說。

這些年來，她第一次跟我說話。她斜睨著我的口袋，試著看清上面繡的字母。她沒畫眉毛，藍色的眼睛從我的胸口移開，盯著我的藍色眼珠看。

沒她的眼睛那樣藍。時光洗褪我眼珠中鮮明的藍色，甚至把我的頭髮染成灰色。

這些年，我付出不少代價。

嘿，這不是巴弟嗎？這幾個字在沉靜的臥室中，不斷迴響。我張開雙唇想要回應，卻找不到半個字眼。

不過她也沒期待我說什麼。她就站在那裡盯著我的眼睛，而我也滲入了她的眼神。然後她說，「你一定等很多年了，是不是？但這裡沒有時間，你知道嗎？時間被創造出來，就是為阻止萬事萬物即時發生。但徒勞無功，因為萬事萬物，總是突然間就這麼發生了。」

我即時意識到兩件事情——她講的這些話沒什麼道理，同時，我卻聽懂了，能夠領略箇中的奧妙。

她陷入沉默。我也說不出話來。我們兩對藍色眼珠，她的跟我的，黏在一起，怎麼也切不斷。有些東西在我們之間往返傳遞，本質上跟電力很像，無論是什麼，文字都無法表達，甚至連思想都難以觸及。

不知道經過了多久。但這裡沒有時間，要怎麼計時？

「我原諒你。」

這四個字，說得——據我記憶所及——平平板板，沒有抑揚頓挫。一種難以辨識的感受，席捲了我。我覺得有些事情，必須交代，卻想不出來該講什麼。我張開嘴巴想要把想法講出來，卻沒有半個文字隨侍在側，講不出所以然來，我只好緊緊的抓住我的體悟。此時，她卻開始消散。

這是我想到的詞。我第一次打的是「消失」，但我覺得並沒有精確傳達我觀察到的現象。她的影像逐漸失去實質，或者說，失去了實質的表象，變得蒼白，變得稀薄，不復存在。我沒法描述得很確切，也許是因為我並不知道我看到了什麼，或者沒看到什麼。

我並不確定這過程歷時多久。在她那沒有時間的宇宙中，可能沒花任何時間。在我的世界裡，則是處於零時跟永恆之間。

喔，不去提了。她就在那裡，形象如此鮮明，然後，一點一滴的散去，直到最後不見人影。

在她出現的時候，躺在床上的我，望出去的並不是正常的視野，看不見我的五斗櫃、路艾拉的梳妝台，也看不見浴室門，就是一片開闊的遠景。西部吧，看起來挺像的，遠處有山峰拔起。

這是怎麼回事？為什麼我躺在床上，睜開眼睛，看到的場景（如果真有這個地方）卻距離我家起碼有一千英里之遙？

我眨眨眼，眼前的景象並沒有改變。我強行閉上雙眼，緊緊的閉著，視野還是沒有改變——依舊是一望無際的開闊地面，然後是小丘陵，遠處有山峰拔起。

睜開眼睛，閉上眼睛，沒有改變。

怎麼會這樣？

我的心靈掙扎半天，想要釐清它知道了什麼，或者表面上掌握了什麼。我躺在家裡，眼睛睜得大大的，究竟是怎麼一回事？

「我睜開雙眼，做著夢……」這是一句歌詞，儘管我怎麼也想不起曲調。

眼睛是睜開的嗎？

我努力想了半天，答案並無疑義。我的眼睛是閉著的。我又沒有坐起來，躺著睡覺，眼睛自然是閉著的。

我費盡力氣，強睜雙眼，並不是正對著辛蒂的那雙藍色眼睛，而是我真正的眼睛。我試著去解釋，自然是白費力氣，連我自己都不明白的事情，要怎麼解釋？

我所能夠了解，或者說，我所能夠追憶的事情如下：我其實躺在床上，在我跟沉睡的妻子之外，感受到某種存在。沒有什麼遼闊的視野、沒有什麼拔起的高山，背景就是再尋常不過的楓樹五斗櫃跟一張梳妝台。

稱不上驚心動魄，但我的心臟的確是比平常跳動得快一些。

我閉上眼睛——事實上，是闔上眼簾——頭安放在枕頭上。你不可能睡著的，我告訴自己，但下一件我意識到的事情，就是天亮了。

我想到這件事情。喔，就是個夢嘛……除了，我不認為「夢」這個字很合適。在我睜開雙眼，迎向晨曦之際，記憶裡的她，依舊如此鮮明。是的，它還在。夢，即便我意識到我曾經做了一個夢，破曉之後，立馬煙消雲散。但這次的經驗卻跟幾個小時前一樣真實。

谷歌總是幫得上忙，帶領我找到劃分夢境跟我昨晚體驗之間的界線。我應該用「顯靈」（visitation）這個詞。我跟著它一路掉進兔子洞（rabbit hole，譯註：從一個話題引領至另外一個話題的學習途徑）中，讓自己越來越清楚，也越來越糊塗。

很明顯的，我看到的那個女人是真的，並不是想像虛構出來的。她不是物質般的實體，早晨的太陽一出來，就會跟霧一樣，被照得無影無蹤；她不會在地毯上留下腳印，就算現場布置一部錄影機，想來也錄不到她說的任何一個字。

所以，造訪我的是一個脫離軀殼的靈魂？人死後，陰魂不散，經過一段比較長的時間，還會出現在某人的臥室？是的，她確實說過（或者是我感覺到她說）沒有時間，在她所存在的空間裡，萬事萬物都是同時發生的。但在我的宇宙中、在我存活的空間裡，的確有時間這玩意兒，而且在我們兩次見面之間，還綿延好長一段。

為什麼她突然在我面前「顯靈」？

而且這是誰的主意呢？就算這不是夢，而是「顯靈」好了，靈魂從她的世界來到我的世界，不是我幹的好事嗎？難道不是我心靈的某處把她找出來的嗎？沒有把她編入夢境，而是將她未被謀殺、依稀殘存的那一部分召喚出來，站在我的床腳前？

我回答不出這些質疑。我只能把我的心思排列在難解之謎的周遭，整理出這些問題。我可能會嘗試讓她的靈魂再次造訪，或者讓她滑入非寫實的夢中。

兩個問題徘徊不去：為什麼是現在？自然而然，緊接著就是：然後呢？

「爸？」

那時，我坐在辦公桌後頭，位於湯普森道斯賣場後方的小辦公室裡。這是一張橡木辦公桌，搭配一張旋轉椅，在波特・道斯先生還在主持店務的時候，就放在這裡了。這組家具活得比他長，而且非常可能，等我們全都故去，它們還是好端端的擺在這裡。幾年前，我換掉椅子腳底的滑輪，辦公桌的一個抽屜，遇到潮濕天氣會有點難打開，但是比起人類，光陰對它們要仁慈得多。

「爸。我想到耶誕節要送你什麼禮物了。但是，驚喜效果可能會打折。」

我不確定掌握卻斯特的基因組合，對牠而言，重不重要。就算我們知道牠有一半羅威納血統，牠還是一樣的生物，並沒有什麼差別；我也不覺得我的家人確認牠的品種之後，跟牠的關係會有什麼改變。

但這事兒卻改變了亞登的生活。他現在到戴班森獸醫小診所的時間，從原先的兩小時，增加到四小時。羅夫還付時薪給他。

他還是幫忙跑腿，觀摩醫療程序，還會幫忙口腔採樣。戴班森醫生，這個老好人對於卻斯特的血緣報告結果，十分感興趣——他說，就算是想上十萬「狗狗年」，怎麼樣也不會料到羅威納。要不是聽了亞登的建議，他可能一時之間琢磨不出下一步——提供DNA檢測報告給飼主。但是，羅夫慧眼獨具，立刻就發現這是高招。

也就是說：診所的工作人員，會提醒客人：他們現在提供一種線上服務，可以分辨出寵物的血統淵源。診所寄一個資料袋給你，只要把棉花棒放進寵物嘴裡，刮刮口腔壁，再把樣本寄回來就成了。或者，我們也可以替您服務，如果您同意的話，現在就可以採樣。

「幾乎每個人都想要。」亞登告訴我。

羅夫的診所因為這個服務，多掙了不少錢，他交付給亞登更多工作——還將他轉成正式員工。

「只需要花上一分鐘。」他這樣告訴我，「一點也不疼。」

他揮舞著一對超大的棉花棒。我猜，我在潛意識中，多半預料到這個場景終將不免，但猝然遭到亞登奇襲，還是害得我絕無驚喜，只有驚疑不定。而且，我相信恐懼還不由自主的浮現在我的臉上。

「不疼。」他跟我保證，「你只要打開嘴巴，或者呢，拿棉花棒過去，自己刮兩下。」

我說，「我想還是算了吧，亞登。」

「認真？因為我認為，這是很有意思的禮物。你經常說不知道自己的祖父母是從哪裡來的——」

「他們是在美國出生的。」我說。

「你只知道這麼多。」

「對。」

「但是你祖父母是打哪來的？往上追蹤你的祖先呢？他們一定是從什麼地方來的吧？除非他們是本土印地安人，這不是很酷嗎？最後證明你其實是喬克托（Choctaw）、阿帕契（Apache）或者波尼族（Pawnee，譯註：這些都是美國原住民部落）的後裔，然後你就可以……我不知道耶，可以開賭場或者做點什麼別的嗎？」

這該怎麼應付？要怎麼解釋才不會流露出強辯的痕跡？

「如果我有一部分羅威納血統，」我說，「還是不知道比較好。」

「但是，為什麼呢？爸，難道你一點都不好奇？」

「我的童年，」我說，「過得並不愉快。」

「你說跟你的養父母？」

「是啊。」

「在寄養家庭長大，的確有點不堪回首。」

「沒錯。」

「你幾乎不記得你的親生父母了。」

我以前是怎麼描述的？「我只想得起來一點點。」我說，「已經多過我想要保留的記憶。」

「喔？」

「我要費很大功夫，才能阻止記憶在腦海浮現。事實上，我會盡一切可能性，避免記起我小時候的經歷，也就是說，我最不想做的事情，就是提醒自己早就應該忘記的往事。我不想知道他們的祖先原本住在歐洲哪裡，怎麼來到美國，也不想知道他們這一路上犯的大罪小錯。」

他的肩膀垮下去了。「糟糕。」他說，「我還以為送你這個禮物是好點子呢，結果卻是這個世界上你最不想要的東西。」

耶誕節來了，亞登給我的禮物是一副賽車手套——拿在手上，我禁不住想，在握方向盤的時候，可以防止我留下「接觸DNA」（譯註：人體碰觸物體之後，只需要七到八個細胞就可以辨識身分的法醫科技）的痕跡。這念頭實在荒唐，我很樂意將它拋到一邊。

除了路艾拉幫他挑的衣服之外，我還多給他買了一套八本英國獸醫寫的叢書，一九七〇年代出版，在那個時候還是暢銷書。亞登在學校圖書館裡找到一本，喜歡得不得了，經常在晚餐桌上，一段又一段的唸，也讓他興起找齊這個系列其他作品的念頭。

我在網路上蒐羅追蹤——並不是什麼太難的挑戰——現在是網路時代，書籍再怎麼多如繁星，也無所遁形。亞登很高興。「我知道他寫過很多本書，」他說，「但是圖書館裡只有一本。我真的沒想到，你竟然有辦法全部都找齊了。」

但他的搜尋功力也不差，還把結果當成禮物，送給媽媽跟妹妹。他在稍早的時候，刮過她們的口腔，跟她們說，這是學校作業，要送進生物實驗室，在顯微鏡底下，檢查上皮細胞的組成。

「事實上，」拆禮物之際，他說，「我只把我自己的細胞放在顯微鏡下觀察。教學的目的是讓我們習慣顯微鏡的用法，載玻片上的樣本，反倒沒那麼重要。至於媽媽跟妹妹，我有所保留，不想破壞你們的驚喜。」

我猜他其實是不敢冒險，不讓她們倆有所選擇，免得踢到鐵板。

他也給自己備了一份禮物，用自己的DNA進行人種分析，現在他開始結案報告。他自己的組成是，百分之八十七的大不列顛、百分之六的德國與百分之四的法國，其餘成分不詳。

羅威納，克莉斯汀說。

「你們看，這個分析還有別的作用。」他說，「它告訴我們父親的線索。不是這個爸爸，而是杜恩．亞倫．薛普利，我的親生父親。在媽媽的樣本裡，我們發現她的DNA絕大部分源自大不列顛，大概是百分之七十四的樣子，其他的部分德國與法國各占一半。」

「我媽媽的媽媽，」路艾拉說，「是賓州的荷蘭人，家族血緣有一部分來自德國，這可以解釋。但我不知道法國是從哪裡來的。」

德法兩國緊密相鄰，長年征戰，領土相互兼併、割讓，基因混和看起來是滿合理的結果。我們討論了一會兒，一致認為薛普利家族大概是比較純種的大不列顛後裔。

「也就是說：我的血統一路下來，算是相當普通的白麵包了。」亞登說，「我一度以為，或者希望能有所發現，讓自己大吃一驚。比方說，我的曾曾祖父是非裔或者亞裔人士，或者，我不知道，阿拉帕霍人（Arapaho，譯註：也是美洲的原住民）？或者猶太人，讓我的血緣不會這樣無聊。」

路艾拉說，他這個人挺有趣的，不管基因怎麼組合。

「好了，現在輪到妹了。」他說，「你當然知道我們算是一半的親兄妹。」

「我是比較好的那一半。」克莉斯汀嘴巴可不饒人，「但應該沒什麼差別。我跟你一樣，大部分來自不列顛。」

他翻出基因報告。她的DNA主要來自不列顛群島，但是比例只有百分之六十五，而不是像他的百分之八十七。法國的成分相同，德國的比例高一些，剩下的部分，經過比對，來自斯堪地那維亞，還有少量的百分之三，出自美國原住民。

斯堪地那維亞倒不會讓我太驚訝。我幾乎忘記，但現在想起來了。我媽媽的表親家族，有姓歐爾森的。精力充沛、擅長體育。只是就我記憶所及，我並不認識那個家族的成員，也沒聽說過他們家的故事。

如果克莉斯汀有百分之三的美國原住民血統，那麼我大概有一倍。這樣的比例想來不會是誤差（假設分析無誤的話），但是，這是打哪兒來的？源自我的曾曾祖父母？你往上追蹤好幾代，說不定可以在營火邊，找到一個科曼奇人（Comanche）。

事後，避開其他人，亞登跟我道歉。「我那時候想，」他說，「了解克莉斯汀基因的來龍去脈，應該是挺好玩的。但直到我收到報告，才發現我等於是侵犯了你的隱私，因為你知道，她的一半基因是從你那裡來的。」

除非，當然，她的父親另有其人。但是我們倆壓根不可能考慮這種可能性。我跟克莉斯汀長得非常相似，她的癖好跟面部表情，還有與生俱來的幽默感，跟我也是一個模子刻出來的。她是我的女兒，一半的ＤＮＡ是我的。

我告訴他不用窮操心。檢驗ＤＮＡ除開多知道幾個數字與祖先國籍源流，還有什麼別的？

「就算在報告中證實你有外國血統，又怎樣？」他說，「反正就只是ＤＮＡ，你知道吧？我的意思是說，你還是我的爸爸，對吧？不管我的ＤＮＡ從哪裡來。」

我有點感動，跟他保證，他永遠是我的兒子，我也永遠是他的爸爸。我們倆都認知這個事實，也無意背叛杜恩・薛普利。我告訴他，我以他為榮；他說，他愛我。這是非常溫暖的一刻。

將來一定平安順遂的，我這樣告訴他，也這樣告訴我自己。

有什麼理由翻盤呢？

至今，各處都找不到我的ＤＮＡ記錄。克莉斯汀的ＤＮＡ輪廓，在亞登採樣之後，郵寄某家公司，進行分析，收入檔案，算是曝了光。但是她可沒在加州把ＤＮＡ灑在一具女性屍體身上。出現在ＣＳＩ裡面的那種電腦，小燈光急閃，看得觀眾眼花繚亂，突然間，吻合、吻合、吻合的警示燈號，不斷閃出，隨後，電腦螢幕從資料庫裡，調出她的照片。

我的秘密跟我隱藏得相當妥當，跟以前一樣。

我真的相信這一套嗎？

我告訴我自己，我信，也許這就夠了。因為從某方面看來，相信，多半就是自己告訴自己的事情。你相信有神嗎？你相信死後還有另外一種生命嗎？你相信投胎轉世嗎？你相信別的星球上有生物嗎？不管你相信什麼，難道不是因為你選擇相信？

喔，證據當然也會扮演一定的角色。但證據就像是司法審理程序，對立的雙方都可以用來支持自己的立場。也許你還記得一幅漫畫，魚缸裡面有兩隻金魚，「如果沒有神，那麼是誰來幫我們換水呢？」

你相信你想要相信的事情。

我在這方面的信仰，說直白點，也稱不上是《亙古頑石》（*Rock of Ages*，譯註：這是一首聖歌，開頭的兩句是「為我劈開亙古頑石，容我藏身其中」）那般堅定，不打折扣。不斷有消息說：法醫科技以CSI那部電腦燈光閃爍的速度，取得驚人的成就；如雷貫耳，想不聽都不行。今天能辦到的事情，比昨天更進一步，但相較於明天取得的突破，卻又瞠乎其後。

如果把我日常生活裡必須面對的大小事一起算進來，你應該了解，這層隱憂並沒有占據我生命中的每一分、每一秒。我有日子得過，也得花時間去過。我有生意要照顧；有雜務要打理。我參加社團活動：獅子會、國際同濟會、扶輪社，每次聚會幾乎都到。我週二固定打保齡球，經常坐在電視機前的椅子上，看孟加拉虎隊、七葉樹隊（Buckeyes，譯註：七葉樹是俄亥俄州立大學運動比賽吉祥物）、辛辛那提紅人隊與印地安那溜馬隊的比賽，每支隊伍的每個球季，我都盯著看，儘管我並不在乎比賽的輸贏。

如果真的沒有什麼好看的電視節目，我會回到書房，也許坐在這部電腦前面，回覆電子郵件，或者在網際網路曲折的小徑上隨意漫步。但我不是一天到晚盯著電腦看，也經常坐在躺椅上，抬高雙腳，隨便讀點書。我很喜歡閱讀美國南北戰爭史，打發時間；某個機緣引領我踏進羅馬帝國的世界，我決定試試吉朋（Edward Gibbon）。《羅馬帝國衰亡史》。我確定精華版便足夠提供我所需要的知識；但是我在網上看到一套六冊的鉅著，售價相當划算，在反應過來之前，我已然下訂，把這一套書送到家裡來。這套書精彩紛呈、引人入勝，閱讀的速度不免放慢了下來。我也不著急。反正，我已經知道結局了。

而且，我在這個世界，不還有很多時間嗎？

也許未必。

電視娛樂節目：《日界線》（*Dateline*，譯註：美國ＮＢＣ的新聞雜誌節目）、《四十八小時》、《法醫檔案》，不管三七二十一，不請自來，就這麼出現在我家的高解析度螢光幕上，我多半也擋不住它們的誘惑。

就算電視上沒在演這些節目，每天晚上的新聞總是不免出現相關案例。某個犯下強暴謀殺在監獄裡服刑二十年的嫌犯，突然之間，DNA檢驗報告替他洗刷清白因而獲釋——儘管當初起訴他的檢察官發誓，此人確實有罪。

這人的律師，摩拳擦掌，準備控告州政府，索賠一筆不小的數字；但跟社會系統從他身上偷去的歲月相比，實在微不足道。而他留下的囚房，也沒空下多久，很快就有新人入住。

塵封已久的冷門案件、早被遺忘的重大犯罪，突然成了當紅炸子雞，懸案偵破、定讞翻盤，出人意表的發展，遍及各地。

全美國，性侵取證盒、犯罪現場蒐證，堪稱汗牛充棟。這些年來，每個人都認定永遠破不了的離奇案件、永遠派不上用場的證據，經常往垃圾堆一扔，好清出空間給下一批湧進來的各色證物。

年復一年，警方的規矩就是這樣。如今，新一代的專家獨領風騷，專精懸案調查，上窮碧落，搜索老檔案，處理性侵取證。

然後，重新開始抓人。

有的時候，科學進展至少可以排除他們一路鎖定的嫌犯。但也有完全相反的案例。在偵測雷達螢幕上始終沒有驚起任何擾動的無名之輩，大出眾人意料之外，突然被扯進某宗懸案或者扯上某個死者，被調查者的準星鎖定、逮捕、偵訊，以涉嫌某宗全世界甚至連他們自己都已經淡忘的犯罪案件，遭到起訴。

但不是所有逍遙法外的罪犯都是這樣落網的。有一集《四十八小時》追蹤他們報導過的老案子，記錄內布拉斯加州科爾尼姦殺命案，三十三年後，意外偵破的原委。死者是高中畢業生，同班的未婚夫在當時被認為涉有重嫌，直到證人出面證實，事發當時他的確不在現場，才得以昭雪。ＤＮＡ證實她是被一個素昧平生的男子強暴後勒斃。凶手靠打零工過活，四十四歲，住在大島，回家途中路過科爾尼。兩人如何遇見，中間有什麼過節，已經不得而知。因為ＤＮＡ比對結果出爐、調查人員根本不知道有這號人物之前，罹患肝癌的凶手，就跟香消玉殞的女學生一樣，離開人世。

《四十八小時》無法拍攝科爾尼警方逮捕嫌犯，或者循線追蹤到嫌犯位於大島的家。癌細胞肆虐之際，罪犯搬過好幾次家，落腳在德州的阿爾派恩。這一集最動人的片段是製作單位訪問負責偵辦的員警，如今，已經退休。

「你真的會懷疑，這些年來，到底是為誰辛苦為誰忙？」他對著攝影機說，「我答應維琪的父母，一定會把罪犯繩之以法，要他付出奪去他們女兒的代價。我一度以為我說得到做得到，但最終發現，我無能為力。她父親過世之後，我每年都會打一通電話給她媽，讓她知道還有人記得這宗血案、還有人在意。然後，她也走了；再兩年，肯・希伯嘉德也英年早逝：這是我一生中最難堪的時刻。」

希伯嘉德就是死者的未婚夫，三十年前，洗刷嫌疑。

「我們知道人不是他殺的；但也說不上來是誰犯的案。而我知道有些人始終懷疑肯，不曾百分之百釋懷。也許他徹頭徹尾的無辜，也許他有意要擺脫外界異樣的眼光，總而言之，案子沒破，陰影就強加在他身上，揮之不去。如果沒發生這樁悲劇，誰知道他能過上怎樣的人生？我真希望他能活久一點，好讓我們跟他說聲對不起。就算有機會從頭來過，也不確定能不能另起爐灶，但不好說啊，你難道會知道嗎？」

這又讓我找上了谷歌。我從來沒想到姦殺辛蒂・羅希曼的附帶傷害。她的父母是不是哀慟逾恆？會不會陷她的男友於重大嫌疑中？

我什麼也找不著。也不想找得太用力。無論我在線上做了什麼，必留下痕跡，不管在我的電腦上，或者是在別的地方。

在早期的網路世界，據說，只消一個按鍵便可除去所有記錄。按下「消除」鍵，線索就此無處尋覓。

我知道的事實，卻完全相反。無論在電腦上做過什麼事情，儘管會進入「半衰期」，留下的痕跡卻永遠存在。你愛怎麼刪就怎麼刪，但一個十來歲的小鬼頭就有辦法在你的硬碟裡，發現你搞過什麼鬼。

如果你把硬碟拔出來，摔個粉身碎骨；或者，把整部電腦往河裡一扔，這種湮滅手法還有點機會。但如果你的文件自動備份到別的硬碟，你就得多花點功夫，再清理一層。如果你還自動備份到雲端——或者不管什麼地方——那你就慘了，是不是？

我為什麼要擔心谷歌搜索記錄呢？我正在撰寫一篇未完成的文件，大概從第一句開始，就可以當做入人於罪的證據。「一個男人走進酒吧。」這是故事的開頭，過程鉅細靡遺，隨便你讀吧。

我當然設有密碼保護，至少不用擔心哪個小鬼，借用老爸的電腦看Instagram，結果卻找到他老爸是惡魔的確切證據。

假設我引起了當局的注意，法律的長臂伸到身邊，密碼的防護功能，大概跟旅館的房門一樣，一腳就可以輕易踹開。任何派來處理這個案件的電腦怪胎，識破我的把戲，不費吹灰之力。

說真的，講這些也都是廢話。只要他們找到理由，鎖定我，我就是插翅難逃。

我必須竭盡所有可能性，不要製造任何口實。這些年來，我維持案子原封不動，自認表現不差。時至如今，辛蒂・羅希曼案有沒有「原封」，是不是「不動」，卻一點把握也沒有，唯今之計，最好袖手，不要再惹一點塵埃。

說的比做的容易。

你的身體受點小傷，你能察覺出發生什麼事嗎？刮鬍子的時候手滑、手背被什麼刮了一下，只要銳利程度足以劃破肌膚。流了一點血——便會把你的DNA散得到處都是，我想應該是吧——隨後，凝血結痂，DNA的傳播告一段落。

除非在癒合過程中，你犯癢，有時不由自主、有時不知不覺的撓了起來。手指最喜歡的地方，多半就是結痂所在。

我盡可能的不讓自己碰電話，不要按鍵盤號碼。

喔，我在我心裡最隱私的地方，一遍又一遍的打過好多次。嗨，我是喬治・海考克，正在研究冷門案件偵辦技巧。我想知道您手上一個懸案，最近有沒有什麼突破進展？這個案子有點久了，是一九六八年的往事。被害者的名字是——給我一分鐘——姓羅希曼。名字叫什麼？第一個字母是C，查理的C。

在腦海中衍生許多版本。我冒用不同身分，編造不同動機，窺伺最新偵辦動態。有時，我是自由記者，追蹤調查加州高速公路殺人案。有時，我是奧勒岡州的副警長，想要比對手上一宗犯罪案。內心預演的對話總是這樣：我是深藏在重重陰影裡的聲音，想要確認辛蒂・羅希曼的案子是不是依舊塵封，不可能再啟調查。沒有發現、沒有進展，沒有理由重開檔案，再次篩檢舊證據、或者清理只會被引進死胡同的老線索。

這當然就是我想要澄清的疑慮。但是，拿起電話，撥了號碼，大概只會造成反效果。剛才有個傢伙打電話來問辛蒂・羅希曼，這倒讓我想起來了。要不要找個人重新看一遍？也許換個人，用全新的角度研究研究，說不定能找到我們視而不見的線索。現在科技日新月異，科學家每天都有新的突破……

我知道難免這種下場，總是一遍又一遍的提醒自己，衝動一起，就立刻要強壓下去。但是，天啊，真是心癢難搔啊！我在這過程中，不知憑空留下多少指紋，每一次，我都得一點一滴，小心收拾。我收斂心神，終於止癢。

目前，暫時。

「我收到那封信了。」亞登說。

我坐在書桌前，一晃好幾個小時。這裡原本是亞登的房間，但我們把他的閣樓改裝好，他人搬走了，桌子留在原地。我打下最後幾個字，看了「目前，暫時。」不知道多少遍，突然覺得，在這裡停筆，也無不可。我存檔，保留新增的文字，關掉檔案，準備開始回信。沒什麼意思，沒有任何一封信的重要性，比得上DNA、犯罪現場調查，或者幾十年前、數千英里外的女性，無辜慘死。

我突然發現一個很有趣的消息，點進去，又連到別的地方。我開始閃神，關注一種淡水的觀賞用魚，阿氏短頜鮰脂鯉，俗稱南美濺水魚，飼養時有何特殊講究。克莉斯汀曾經在她房間，養了一小缸金魚（就跟漫畫裡的神一樣，還會換水），但終究還是死了，想找個替代的寵物，從此，她認定應該有羅威納血統的卻斯特，就是她需要的夥伴。空空的金魚缸，退休放在地下室的儲藏架上。

所以，我壓根沒理由閱讀南美濺水魚該怎麼養，但是，網際網路可不管你為什麼跑到這裡來的，而且這種魚真的很有意思，我情不自禁的一路讀下去。就在我看到出神之際，亞登衝進房間，告訴我他收到一封郵件。

我抬頭看了他一眼。

「其實是寄到克莉斯汀的郵箱的，」他說，「顯然他們也不在乎我們倆用同一個郵箱。有的人叫它做電子地址（eDress），就是小寫的e跟一個大寫的D拼出來的，要不然，看起來就像是拼錯的地址（address）。唸得大聲點，聽起來還很呆。」

我原本可以催促他直接轉入重點。但我早知道他要講的重點是什麼，急也沒有用。

「在我寄出樣本的時候，」他說，「根本不知道他們接下來會幹什麼；也可能我知道，卻沒有意識到。你知道這種感覺嗎？某個念頭從心頭掠過，但又像早就紮根在那裡似的。」

我等著。幹嘛催他？

「他們取走你的DNA，比對他們檔案裡的樣本。不是電視演的那樣——叮、叮、叮，吻合！吻合！吻合！——因為永遠無法百分之百的吻合，因為你的DNA，應該說，是獨一無二的。」

「對。」

「但是比對結果，會冒出你根本不認識的親戚。當然也有可能，找到你原本就認識的親人。因為他們說，克莉斯汀在俄亥俄州，就有個堂表親。你猜那個人是誰？是我！因為我猜他們沒有同父異母或異父同母的演算法，所以，他們把我列為她的，我原文照唸喔，非常可能為堂表親。」

只有這樣嗎？這句話的本身就已經讓人不安了。其中意涵更預告了未來的隱患。

而我心知肚明，衝擊，恐怕不止於此。

「然後是上個禮拜吧。他們告訴我，我有四分之一或八分之一血緣的親戚，住在下伊利諾州。我指的是開羅（Cairo，譯註：伊利諾州最南邊的小城，地名源自埃及開羅），不過，那邊的發音比較像是『凱』羅。」

「有炫耀之嫌。」

「人們管那地方叫做『小埃及』，好多傳言，說那邊的人喜歡近親通婚，生出一堆智障三K黨。這都是他們因為亂倫被逮捕，從DNA檢驗裡發現的。我想講的是：你總是會聽到類似的說法。但我覺得肯定是繪聲繪影，講得太誇張了。」

「說不定你是對的。」

「反正呢，有個了解DNA的女性把樣本寄給檢驗公司，經過比對，她的基因輪廓跟我的特徵有某種程度的吻合，應該是我的親戚。這個人的基因跟別人比對不出結果，所以血緣肯定來自薛普利那邊。」

「你要跟她聯絡看看嗎？」

「也許吧，我不知道。也許她會先設法跟我聯絡，到時候再看看。」他露齒微笑。「我腦海浮現些幻想，比方說，我寫信給她，她回信給我，最後我們就在一起了。她十分火辣，長得又好看，我們兩個彼此吸引，難捨難分。只是今生無緣，因為我們是表親，誰也瞞不了誰。」

「二十一世紀的新興難題。」我說。

「其實只是我的白日夢罷了。就我所知，這位小姐體重三百磅、一個眼珠藍色，一個眼珠褐色，在小埃及兩百年的近親繁殖傳統下，兩個眼眶相隔大概有半英寸之遙。但沒錯，這是二十一世紀的新興問題。假設你的親生父親是一個捐精者呢？捐精者很少只捐一次吧？電視上還是網路上，我不記得是哪一個了，報過這種新聞：一群美國人發現，他們的父親是同一個人，從來沒見過他，只知道自己身體裡，滿滿是他的DNA。」

我們又聊了一會兒，這個話題本身就很有趣。三十或四十年前，一個大學生，每週都會走進診所兩次，坐進放著一本《花花公子》的小房間，將射出來的精子放進一個小紙杯裡，走出來的時候，身上多了幾塊錢，這是他辛苦半天的酬勞。就這麼了無牽掛嗎？為什麼他從來不會再想一想？如果他的精子讓人懷孕，他自己不知道，也沒有任何人知道他在這過程扮演的角色。

世道變了。

「我也不知道。」他說，「該不該聯繫我的遠房親戚呢？我想還是隨它去吧，至少暫時這樣處置。」

我們倆都同意這事兒可以稍後再決定。但他不會無緣無故的為了住在兩個州之外的薛普利家的親戚，跑進來打擾我。看來，還有後續狀況。我等他自己開口。

「倒是，有件事情。」他說，「結果有兩個遠房親戚，第三等或者第四等住在大老遠的西部。」

「你的親戚？」

他搖搖頭。

「那就是克莉斯汀的親戚了。」

點點頭。四十四歲的女性住在華盛頓州，還有一個二十來歲的年輕人，住在鹽湖城。

「所以，他們是，你知道，是你的親戚。你是他們跟克莉斯汀之間的聯繫點。」

我們讓這句話迴盪在空氣中，然後他說，「我沒有跟克莉斯汀提起這件事情。」

「別提了。」

「爸，我實在很抱歉。都是我一時莽撞，才會引發這些事端。我實在很笨。我忍不住想：刮克莉斯汀的口腔，等於是你的遠距基因採樣。」

「這得要一根很長的棉花棒才成。」我說。

「對啊。我真的不是故意的。我保證這件事情到此為止，真的，絕對不會有什麼後續。因為任何人想要跟克莉斯汀・林恩・湯普森聯絡，都會寄到我的電子郵箱來，我一看到就馬上刪掉。」

真有這麼容易就好了。如果在我們這個年紀，能夠真正刪掉什麼事情就好了。

我們這一家看來是開花散葉了。博登家。我姓博登，就跟母牛艾希（Elsie the Cow）以及她的膠水老公猛牛艾瑪（Elmer，譯註：艾希是博登乳製品公司的吉祥物，她的先生艾瑪則是博登公司另外一種產品，膠水的代言人）一樣。或者，如果你喜歡的話，也可以說跟莉希（Lizzie，譯註：莉希・博登是一八九〇年代，震驚美國社會的麻塞諸塞州斧頭雙屍案的主嫌）一樣。

博登。我用文書處理軟體搜索功能，確認是多年前我在韋恩堡把舊車賣給經銷商，簽下讓渡文件之後，第一次提及我真正的姓氏。

當年博登家的十個小孩以及成長歷程。我有時會想起他們的名字。如果你給機會的話，記憶會不時造訪。茱蒂跟莉亞、阿尼、漢克、羅傑跟夏綠蒂——還有湯姆、盧卡斯、卡蘿與喬伊絲。最小的那四個，我記不得他們的出生順序，臉孔、特徵完全跟名字連不上。我甚至沒法百分之百的確定他們叫這些名字。是路克還是盧卡斯？喬伊絲還是喬伊？是比較一般的卡蘿（Carol）還是帶著e的卡蘿（Carole）？

可能我壓根就不知道吧。我也不覺得最小的那幾個弟弟妹妹在我心裡，留下足以辨識的鮮明印象。我更擔心的是：我好像從來沒有關心過他們。

這麼多年還是頭一遭，我發現自己在想他們後來怎麼了。我的父母應該早就不在人世。父親死後，估計會獲得很不錯的保險理賠。我的兄弟姐妹呢？某些人應該還活著，有可能其中一、兩個已經走了。

茱蒂跟莉亞當上祖母了吧。根據童年的耳濡目染，早早結婚生子，說不定已經是曾祖母了。阿尼、漢克、夏綠蒂、路克、卡蘿、喬伊絲、湯姆——你們都上哪兒去了呢？你們結多少次婚、又離過多少次婚呢？現在有幾個孩子、孫子呢？

隨口問問罷了。我不在乎，不是真正的在乎，但是，這些問題總是湧進腦海，沒完沒了。

羅傑。這是我的名字。羅傑・艾德華・博登。我從小就討厭這個名字。穿著口袋上繡著「巴弟」的襯衫，用那個名字還自在些。跟羅傑相比，叫我巴弟，我的反應還快一些。

羅傑・威爾科（Roger Wilco，譯註：無線電通訊用語，「收到，遵命」的意思）。閃躲羅傑（Roger the Dodger，譯註：英國漫畫的男主角）。

我覺得在這名字的骨子裡，沒什麼錯，不算低賤，也不算很怪。

但我就是不想當羅傑。

昨晚，所有人都睡著之後，我端詳著那把槍。

書桌的右手邊有三個抽屜，放在最下面可以上鎖的那個。在我開始用這張桌子之後，槍就放在那裡。年復一年，日子過去。如今的我連這把槍以前放在哪裡，都想不起來。

也不記得上次是什麼時候曾經看到過它。我在其他沒上鎖的抽屜裡找半天，才可能找到鑰匙，打開最底下的抽屜。且不說別的，單就「留槍自保」這個理由，就絕對說不過去。在我找到這玩意兒之前，入侵者早就不知道把我們全家槍殺幾遍了。

最終我找到鑰匙。打開抽屜，全然忘卻那把槍躺在那裡多久，又是什麼時候放在那裡的。

抽屜裡孤伶伶的放著這把槍，拿起來，領略握在手裡的感覺，記憶閃電般的在腦海裡，瞬間一亮。我記得有一次，我聞過槍管，確定它近日內有沒有擊發過。結果，我的印象是，不十分確定。

我重複昔日的動作。但這一次我聞到的是鋼鐵本身以及在我擦拭後放進抽屜裡，殘留的槍油味道。這也提醒我，在湯普森道斯店裡的地下室，無意間看到的槍枝清理包。我把它帶回家，按照說明書上的步驟，逐一保養槍枝的各個零件。

清理包上哪兒去了？我有沒有把它一併收進抽屜裡？

我想我以前應該沒有描述過這把槍。五發的科爾特左輪，兩英寸槍管，五發膛室中，躺著五枚點三八特殊彈。這槍剛入手的時候，並不是這樣。起初，槍膛中裝滿子彈，然後，用掉三發，只剩兩發子彈。

我在清槍那天還是如此。細節快速從我心裡滑過，如今，握槍在手，過去的一幕幕重新在眼前上演。我用找來的清理包保養槍枝，五個槍室都清乾淨；第二天，把清出來的彈殼、子彈，連同清理包，一股腦全扔進店裡的垃圾桶。

湯普森道斯並沒有銷售槍枝，意外發現那個清理包，我才想到以往好像沒有仔細檢查地下室。我下去好好的看一遍，不確定裡面還有什麼東西。在我替他工作以前，波特·道斯在某段期間，一定賣過槍枝，之後，才不再做這個買賣。槍，找不到，但是，我卻翻出好些相關裝備——又一個清理包，跟我先前用的那個一模一樣，兩盒獵槍霰彈、好幾種不同手槍以及來福槍的子彈。

我把這些東西全扔進垃圾桶裡之前，從一盒子彈中取出五發點三八特殊彈，放進外套口袋。重量比我想得沉。我不知道合不合用，但感覺起來，跟我扔掉的那兩發實彈，應該是同一款式。那天晚上我回到家，從口袋裡取出那五發沉甸甸的子彈，塞進科爾特的膛室中。

子彈跟膛室配合得剛剛好。裝了子彈的槍，跟以前也沒有什麼不同，扣下扳機，是會轟然巨響，還是「咔」的一聲沒下文？其實也搞不清楚。但只要做個小小的實驗，答案不就揭曉了？犯得著嗎？這把左輪好端端的鎖在抽屜裡，能不能射出子彈，到底有什麼差別呢？

既然如此，裝上子彈又是為什麼呢？

好問題。我不確定我那時有沒有問自己這個問題。如果得專程跑一趟買子彈，多半我也懶得給手槍上膛。但這五發子彈是我把盒子扔進垃圾桶之前拿出來的，沒花半毛錢，也沒費功夫，跑槍枝販賣店；反正你都在上鎖的抽屜裡放一把槍了，裝上子彈又有何妨呢？就算是你一輩子都不打算用，讓它維持堪用狀態又有什麼關係？

沒關係的。就算有想過，我那時並沒有花太多心思在這問題上。何需過慮？

於是，昨晚我找到鑰匙，開鎖，拉開抽屜。把槍拿在手上，感受它的重量，呼吸鋼鐵與槍油的氣味。

我並沒有用槍抵住太陽穴，或者吞進嘴裡。我並沒有指頭一緊，扣下扳機，轟然擊發子彈。

我沒有做這些事。但我想像我做了這些事。

不知是好是壞。

三十三年前發生在內布拉斯加的老案子。我沒費神去搜尋，它自己找上我了。

凶手，那個多年來始終逍遙法外的男子，已經入土，生前沒有招來任何懷疑的眼光，卻將自己的精液留在強暴後勒斃的女孩身上。多年之後，懸案重啟調查，檢警將他的DNA輪廓，拿去跟州以及聯邦政府資料庫，進行比對。

沒有任何吻合的資料。因為他們鎖定的嫌犯，根本沒有出沒在這兩個資料庫裡。

除了少數幾次交通違規、兩次酒駕被逮，其中一次害他的駕照被吊扣六個月，他這輩子沒跟警方打過交道，沒有留下任何記錄。他的生活過得很規矩？這話我說不出口；因為我知道，他其實再犯殺過人，儘管這次也是乾淨俐落，沒留下任何痕跡。

他們比對他留在科爾尼的ＤＮＡ——一個小地方。我知道有一天，我也難免遭到反噬。他來自鄰近的小鎮，並不住在科爾尼；一樣，這麼點出入，也保護不了我。大島。他在科爾尼姦殺女子，然後，返回位於大島的家。

這不是重點。重點是：他們比對他的ＤＮＡ，毫無所獲。照理來說，故事該畫下句點了吧？當然沒有，柳暗花明，還有後續。過了幾年，又有好些新科技問世，證據顯示他有可能是查理曼大帝的直系後裔。凶手當然不會刮自己的口腔，把樣本寄給「你的祖先」公司，但他的親戚可沒這樣謹慎。

就像找到一個住在華盛頓州的四十來歲女性、一個住在猶他州的年輕人，跟我女兒的ＤＮＡ有親屬連結一樣，這個科爾尼凶手的親戚，也讓鑑識人員在茫茫大海中，終於找到一盞照亮前途的明燈。

一般來說，這種翻舊案的偵辦手法，就是新的鑑識發現指向某個嫌犯，警方開始跟監，時間可能長達幾個星期，等他朝人行道吐口水，或者扔掉一個紙杯，讓他們有機會合法取得DNA樣本。但就這宗案件而言，沒有活人可以跟監。法院裁定，允許鑑識人員開啟德州西部的棺木，不需要得到當事「人」的同意，順利採集到DNA樣本。

賓果！完全吻合。

結案。

也許在貝克斯福爾德的某人，或者可能性更高一點：在加州，FBI之流的調查人員，已經把辛蒂・羅希曼身上取得的精液DNA樣本，寄給不同的「誰是你爸爸」網站。也許亞登選擇的那家鑑定公司，已經收到加州方面的查詢，也許結果已經出現在他們的電腦螢幕上。

調查可能進展到上述的任何一個環節，比對結果也可能已經出爐。就算還沒有，也難逃那一天。在加州的某個人，說不定已經提出比對申請、在沙加緬度的某個人，批准旗下幹員到俄亥俄州出差。接下來，就會有兩個男人站在我家玄關前，按門鈴。總是兩人搭檔現身的不是？不見得是兩個男人，尤其是在今天這種時代。有可能是一男一女。甚至在理論上，不能排除是兩個女人，儘管可能性並不算太高。

就在我神馳想像的同時，說不定他們就站在門口，或者開車通過我家，研究進出通道。偵辦進度可能落在時間線上的任何一點，與探員現身，距離多遠，其實無關緊要。

因為這只是時間問題，時間的長短沒差別。他們總是會來的。而我，無處可逃。

最後一段話，是我三天前打在電腦上的。前天，我打開電腦，讀了我鍵入的最後幾個字。關掉檔案，持續瞪著灰色的電腦螢幕。

關機，走去廚房，從冰箱裡取出一罐啤酒。看了半天，又放回去，選了一罐薑汁汽水，坐在門廊，看著來來去去的車輛。我家門前是一條小街，車輛本來就不多。但三不五時，還是會有車經過。

我發現我在注意車牌，這才明白，我看的是有沒有掛著外州牌照的車輛。但他們不大可能從加州一路開過來，也許是先搭飛機，再租車。或者，跟當地警方合作，請他們順道載一程。

薑汁汽水好甜。人工甘味。路艾拉喜歡的牌子。我不知道她為什麼要擔心卡路里，但她很喜歡甜味，又不想吃進太多的糖。

「感覺起來好像詐欺。」她有次說。

我以後要怎麼面對她？面對我的家人？

昨天，在門廊喝薑汁汽水的隔一天，是我固定視察潘德威爾的日子。我打電話給經理，胡亂編個理由，取消午餐約會，說我會再挑個中午的時間過去。

「萬一你有事情想討論的話。」我說。把必須交代的事情講完，對話無以為繼。

四點鐘左右，我開車上七十五號公路，朝潘德威爾方向前進。還是下我平常下的交流道，開進一家名為瘋狂珍餐廳的停車場。紅色的霓虹燈，勾勒出一個女子的輪廓，好多年來，總是吸引我的目光。應該就是珍吧，我總是這麼以為，但看不出有什麼瘋狂之處。

我停好車，過了幾分鐘，走出來。

一個男人走進酒吧。

裡面有十來個客人。跟我的年齡都有好大一段差距。年輕多了。一對男女坐在卡座、三個男人分享一張桌子、其他人散落在吧台前的高腳椅上。我走進去的時候，一兩個人轉過頭來，但很快的就撇開。

餐廳裡放著鄉村音樂，女性歌手，歌詞我聽不大出來。

酒保是一個女生。金黃的頭髮彷彿是白色的。乍看，以為是男生，因為她把頭髮剪得極短，像是海軍陸戰隊的入伍新兵。但是她的臉龐是道道地地的女生，就是線條剛硬了一點，但是超短的短褲、露背小可愛包覆的是女性的軀體，順道一提，相當誘人。

我點杯啤酒。她說，他們有整桶裝的ＰＢＲ，要不要來一杯？

我點點頭。她去開啤酒龍頭，我努力破解這三個字母的簡稱究竟是什麼意思？藍帶啤酒（Pabst Blue Ribbon, PBR），當然。

「隨便坐。」她說。

我端著啤酒，沿著牆邊的一溜桌子走去，心裡琢磨她的髮型，究竟是一種時尚風潮呢，還是在某個性別政治領域中的個人宣示。

我想像自己跟她搭訕，雙手扼住她的喉嚨，讓她講不出半個字。她可能很強壯，但在我的幻想中，我比她更強壯。

想像一經啟動，不可收拾。也許這不是一種造型，而是因為她剛接受新一輪的化療，掉太多頭髮。

一張唱片放完，又開始放另外一張。這次是男性歌手，歌詞依舊難以分辨。

磨蹭半天，我終於吸了一口我的ＰＢＲ。她剛才講這三個字母，我率先想到的是花生醬果醬（Peanut Butter and Jelly），隨後意識到我錯了。接著想到的是ＮＰＲ，國家公共廣播（National Public Radio），過了好一會兒，才終於想到Pabst（譯註：這是藍帶啤酒德國釀酒師的名字），第三個答案，姍姍來遲。

味道不壞。

我放在冰箱裡面的，一般是海尼根，六罐裝就夠撐好一陣子了。那天我拿起來，又放回去，最終選了一罐薑汁汽水取而代之的，正是一罐海尼根。

我舉杯想再喝一口，卻又放回去，連嘴唇都沒有碰到。我想，讓密爾瓦基聞名於世的啤酒。這是不是一首歌？原本是啤酒的宣傳順口溜，後來是不是改編成一首歌？讓密爾瓦基聞名於世的啤酒，是怎麼讓我變成了傻瓜？還是蠢驢？反正是兩個字組成的詞。

這個啤酒品牌叫做施利茨（Schlitz），是不是？自稱讓密爾瓦基聞名於世？輸家，就是這個詞。讓密爾瓦基聞名於世的，卻害我成為輸家。

天啊，這有什麼差別？

我在裡面待了多久？半小時？

時間長到我又聽完好幾首歌、長到吧台前一個孤單的人黯然離去、長到又進來兩個人坐上他的位子、長到我放棄圍繞在瑪姬周邊的各種幻想。

瑪姬是酒保的名字。我聽到有個客人叫她，讓她不再是沒名沒姓的角色，更合適我用來馳騁想像。我發現自己在回想，在短短的交談中，究竟注意到哪些細節。她的手腕上有個小小的刺青，顯然是個神秘的中國符號。比較大的在肩頭，第一眼看起來是淡水小龍蝦——起初沒注意，隨後想了半天，認定那是一隻蠍子。

也許她是天蠍座的，誕生在秋天。也許她有或者以前有一個天蠍座的戀人。或者，這玩意兒是她的圖騰守護神，理由任憑我猜測。

我對她一無所知，但是掌握這些細節，讓她更像是一個人。我腦海裡的情節，本來只是暗地裡的想像，但這麼一來，卻變成對她的侵犯。但她毫無概念，在她眼裡，我就是縮在陰影裡，一個幾乎看不見的老頭，坐在那兒喝啤酒。她大概早就忘記有我這麼個人——但無論我怎麼給自己開脫，都無法減輕我的罪惡感。

餐廳裡還有另外一個女生，坐在卡座裡的那位。我分辨不出她的模樣，只好用想像力去充實。在腦海裡，我打發她的男伴去廁所，趁他還沒回來的空檔，引誘她離開這個地方，然後——

省省吧。

我想我大概在瘋狂珍餐廳裡，待了半小時，充其量四十五分鐘。離開之際，我那杯PBR幾乎還是滿的。

我的幻想從瑪姬又回到卡座的女子，難以成局。我的心思就是沒法集中在她們身上，而是不斷的遊走，我只好放棄，隨它折騰。同樣的問題，「我到底在這裡幹什麼？」一問再問，到第四遍、第五遍的時候，我決定讓自己跟著遊走——出門，橫過停車場，坐在車子的方向盤前。

我又問我自己到底在幹什麼。這一回，答案浮現，至少看起來是。

在我停車之際，有個想法悄悄爬進腦海。綿羊跟羔羊沒有差別，我想。「偷綿羊跟偷山羊沒有差別，橫豎都是被吊死」這句俗諺的精華版。反正好些年前幹的壞事，終究會讓我遭到逮捕，難逃一劫；那何不再幹一筆，犯個同樣的案件？

「綿羊跟羔羊沒有差別」這九個字，是我想像的極限。我非常清楚我不可能在瘋狂珍裡找到下一個被害人。因為我根本無意再找。

我在找什麼？我真的想要找什麼嗎？

我不是在找辛蒂・羅希曼。也不是在找想離開家庭的熟女婦人。

也許我在找巴弟。

尋找那個曾經是我的人、尋找現在還潛藏在身體裡的他。因為他一定在那裡，在某處。

我累了。我要上床睡覺。

我開始懷疑亞登心裡在想什麼。

他一定知道些什麼。

那天傍晚，吃晚飯的時候，我們打開電視收看全國新聞聯播，有則報導講到法院的初步裁決。某家公司能不能自願開放基因資料庫，提供懸案調查人員比對？還是需要法律強制它執行？凶手的某個親戚，無心之舉，有沒有可能侵犯嫌犯的隱私？隱私權能不能夠壓過「杜絕罪犯在街頭出沒」的道德訴求？

這些爭議的問題，在法律、道德上，糾結成團，複雜難解。很明顯的，無法在一夜之間討論出結果。儘管情境不同，但都是大家耳熟能詳的老生常談——舉個例子：恐怖攻擊後，政府部門拾獲嫌犯的iphone手機，而蘋果公司拒絕執行法院的命令，不願解鎖。

在某個時間點上，我看了亞登一眼，這才發現他注視著我。眼神相遇的一剎那，我不確定從他眼中讀出什麼玄機，但感受到某種情緒：他有些擔憂，發現正在辯論的議題，跟我有特殊的牽連。

當然，也許只是我的襯衫上有塊污漬罷了。也許他的表情根本沒有任何意義，只是我長時間存在的焦慮，害我想東想西罷了。

新聞通常會在最後，編排個讓人覺得好過一點的題目，跟觀眾告別。今天的故事是下半身裝了兩條義肢的婦人，決定捐贈自己的腎臟。路艾拉關掉電視，我趕緊找點什麼話題，免得聊著聊著，又轉到DNA上。

「引發爭議的事件可能不同，但是這種討論總是一再出現。」我說，「一邊是維護個人的隱私權；另外一邊是保障公共安全。科技進步不斷掀起新議題。如果你犯了法，或者讓人懷疑你犯了法，他們可以拘留你──採集你的指紋，用電腦比對，看跟鹽湖城犯罪現場遺留下來的指紋符不符合。」

「哪有人會在鹽湖城犯罪？犯哪種罪？」路艾拉狐疑了，「犯了一夫一妻婚姻罪？」

「這也要過好多年才會逮捕你。」亞登說，「用連續『一夫一妻婚姻』的罪名。我想我知道你的意思，爸。嫌犯被逮捕之後，按照規定就是要採集指紋，沒人說他們的權利遭到侵犯，因為這是行之有年的程序。警方是從什麼時候開始採集嫌犯指紋的，可有人知道？」

誰都答不出來。我說，從我有記憶開始，警方就是這麼幹的，就算有人申訴侵犯隱私權，好像也沒人注意。

「DNA就不同了。」我說，「每一州的情況各自不同，但一般來說，你需要授權許可，或者法院執行令，才能夠採集檢體。」

「因為你取走了人體中的某些部分？」

「還有侵犯他的人格權。」我說，「按下他的指紋跟刮他的口腔，其實也沒有多大分別，對不對？」

「但如果他用杯子喝水，」他說，「就不構成侵犯了。又如果他用的是紙杯，喝完隨手一扔，因為這是垃圾，撿回來查，也沒有公不公平的爭議。但他死掐著杯子不放，你上去硬搶，等於是把最有力的證據往地上一扔，變成非法搜索與扣押？」

「也未必。」我說，「要看實際情況、你在哪一州，還有法官當天上午的早餐吃了什麼。」

「你確定你喜歡當獸醫嗎？」路艾拉問他，「不是律師？」

「你看看每天你做的都是些什麼事兒？」克莉斯汀朝著她哥哥搖搖手指，「侵犯他人隱私，而且被害人無法申訴，難以自我防衛。」

我們都睜大眼睛看著她。

「卻斯特有同意你採集牠的ＤＮＡ嗎？也許牠不想讓人知道牠有羅威納血統呢？你有想過這一點嗎？」

我覺得她這話講得半真半假。克莉斯汀總是以獨到的眼光看世界，用戲謔的語氣一舉道破實情。這不是第一次，她成功扭轉話題。我們趕緊指出卻斯特高貴的品質，講得牠好像能在狗狗王國中，身登大寶似的。

我很高興大家終於聊到別的地方去。但我有種感覺，鬆了一口氣的人，不只我一個。

幾個小時之後。亞登縮回他在閣樓的秘密基地，假裝在寫功課。其他的人在客廳看《危險邊緣》，最後一道題難倒了我們六個——三個湯普森家人連同電視上的三個競賽者——隨後，我來到這裡，繼續我的寫作。

就在這時候，有人敲我的房門。我轉頭，是路艾拉，穿著我送給她的睡袍。

「我好累。」她說，還打了個呵欠。「我知道現在還早，但突然之間，我連眼睛都睜不開了。」

「要不要我把你抱進房間去？」

「我實在不想打擾你。」她說，「特別是你在認真工作的時候。但如果你確定不在意——」

天造地設。

這有什麼好意外的呢？打從我建議玩假死的遊戲開始，無一例外，我們總是這麼做愛。多半是她的提議。（「喔，我一直在打呵欠，突然之間覺得好睏。」）；但也有的時候，是我採取主動。（「親愛的，我看你已經好累了，為什麼不閉上眼睛，好好的睡上一覺呢？」）

我們離開我的書房，走進臥室。她在床上躺下，狀似沉睡。我一度擔心我造訪瘋狂珍的經歷，會讓我分神；或者是辛蒂．羅希曼的鬼魂，會來房間攪局。

但我擔心的事情都沒有發生。我心裡也沒有召喚出酒保瑪姬、卡座裡的女子，無論是現實還是想像，什麼人都沒有。好些年前，我就放棄靠幻想增添刺激的習慣，不管是我天馬行空的揑造還是腦海裡殘存的記憶，都逐漸失去功效。慢慢的，我只專注當下，一心一意，取悅我的伴侶。

取悅我的妻子，應該這麼說。

我的妻子，路艾拉。

我們都老了。無論是心裡想的還是腦海浮現的，未必每次都能讓我重振雄風。但這也不打緊。只要我們倆在一起，不管用什麼方式，都會讓我們得到滿足。

今晚，大出意外，我又能夠用傳統的方式宣洩，而且——

不，夠了。我不會刪掉已經寫下的段落，就像是現在再去把臥室門關好，或者按兩下空白鍵，重起一段，重新來過，也都來不及了。

還在。

我鎖好抽屜，儘管幾分鐘前才剛剛打開過。我把槍拿在手上，感受它的重量，讓我的手指放在扳機上。我並沒有指向什麼地方，但在我的想像中，卻未必如此。

現在，我再次鎖上。鑰匙小心翼翼的放在抽屜後端，那是我固定收藏的地方。

有人送給我父親一個惡作劇的小玩意兒。他也放在抽屜裡，每隔一陣子，就拿出來表演一下，至今，我還記得。那是一個帶著按鈕的小盒子，按下按鈕，盒蓋打開，就會伸出一隻斷手，豎著一根指頭；手指按下按鍵，過程倒過來，斷手慢慢縮回盒中，蓋子蓋上。

我知道我沒把玩具的玩法講清楚，但我想你應該有點概念。玩具名稱裡有「總經理」三個字，設計概念就是你把它打開，但它唯一的功能就是把自己關上。

我想，這跟我留著這把手槍的道理，有異曲同工之妙。我打開抽屜的目的，就是再次把它鎖上。

如果你在戲劇的第一幕，掛了把槍在牆上，就等於對觀眾許下承諾，在落幕之前，一定要開火。

我不知道這句話是誰說的。但我想莎士比亞的戲劇裡，應該沒有槍，而是劍、匕首與毒藥。所以，一定不是莎士比亞。馬克・吐溫沒有戲劇傳世，也不可能是班傑明・福蘭克林。

你不妨查查看。

不用麻煩，我替你查好了。這是契訶夫的名言。

我會開槍嗎？

我得說，我擁有這個權利。從隱喻的層次來看，這把槍落入我的手中，等於是默默的掛在牆上。在這份文件裡，我經常提到這把槍，讀者自然理所當然的期待落幕之前，這道具能派上用場。

如果他們真的找到我，如果我留在辛蒂・羅希曼身上的DNA，牽扯出我不認識的姪兒、姪女，我可不想眼睜睜的看著悲劇上演。我的想像不斷召喚出沒完沒了的場景，但最後一幕，總是結束得慘不忍睹。

一定要在事情發生前，綢繆脫身之計。

我想死嗎？老實說，一點也不想。我喜歡現在化身的這個人。我愛我的妻子、兒子、女兒。

這就是棘手的地方——這次我不用查了，下面的名句出自莎士比亞，哈姆雷特說：是苟且偷生，還是奮起抵抗？

問題就出在這裡。棘手。

我愛我的妻子。我愛我的兒子。我愛我的女兒。

讓我把我的想法，不加修飾，全部打出來。以前，我壓根沒料到我會愛什麼人。回顧早期的人生，那個口袋上繡著巴弟的鄉巴佬，我現在能清清楚楚的看到他的反社會人格。

一個毫無良知、沒有任何同情心的男人。一個既不知道也不在乎別人感受的人。這人分得出好歹對錯，甚至知道地球跟太陽的距離是九千三百萬英里。對，好啊，這不錯，我明白，那又怎樣？

我不敢說我研究過這種反社會人格；基於個人興趣，我對這種人多少有點了解。我歸納出一個無法反駁、不容逃避的結論：這種人無藥可救。對自己、對自己生活的世界——毫無感受。

這樣不行。我要說得更具針對性一點：

對於我、對我生活的世界而言，再多的自覺也不能塑造出另外一個我。即便我改變行為，即便我越過州界、賣掉我的車，換成另外一輛車，甚至改名換姓。

我，過去是漂泊的流浪漢，現在進化成屋主。為人夫、為人父，居家男人，養成固定的習慣。我一直做這行，打從我來利馬以後，職業就沒怎麼變過；現在，我有自己的事業，還取得小小的成績。

我在心裡還找得到當年勒斃年輕女性，侵犯屍體的凶手。這個人每天晚上跟我的妻子、兒子、女兒一起坐在晚餐桌上、參加保齡球聯盟，每週定期較量。而且——夠了。

那麼，到底是什麼造就了巴弟呢？他是不是經歷過某種孕育期，然後破繭而出，進化成反社會的成年人？

這樣想挺好的。

但我坐在這裡，瞪著電腦螢幕看，瞪著螢幕後面，那個真正的我與我經歷過的人生。並不是這樣的，對吧？

巴弟哪兒也沒去。他還在這裡。他的行為改變了，看自己與看世界的角度，也不一樣了。

那麼他的良知增長了嗎？

沒有。我很快的打下這兩個字。也許我會回頭來修。姑且把答案寫成沒有跟有。因為我知道該做什麼事，但巴弟不分青紅皂白，不懂得分際。這些年來，我養成的習慣是：傾聽內心的聲音，接受它的建議。

因為要做對的事情？因為這是神，或是某種類似的存在，要我這麼做？因為我行所當為，所以內心比較好受？

不，我不覺得。

我後來才發現：我小心行事，狀似受到良知驅策，其實是維護自身利益，才勉強克制住叛逆的衝動。積習成自然，時間一久，我幾乎察覺不到那些一度無法扼抑的衝動。

但在我內心最深處，面對最本質的自我，我還是一個反社會的神經病。

請讓我有話直說，儘管我在鍵盤上的手指有些猶豫，坐在電腦前的我正在盤算接下來可能的發展，會引我踏上哪條道路？我已經告訴過你，我愛我的妻子、兒子、女兒。

但，我發現我竟然在衡量一種可能性，冷血，泯滅人性：我要把全家人殺光光。一個活口不留。殺路艾拉、殺亞登、殺克莉斯汀。

距離上次輸入，已經過了三天。我盯著電腦螢幕，盯著這三個人的名字，一遍又一遍的看著這個段落。

之後，我關掉電腦，上床睡覺。

我幾乎馬上就睡著了，而且睡得很甜。第二天早上醒來，接上前一天中斷的人生。看完晚間新聞、《危險邊緣》，入夜之後，才進到充當辦公室的書房。打開檔案，看了最後寫的那幾段，坐在那裡，既若有所思、又一片茫然，過了五分鐘吧，把電腦關掉。

一模一樣的戲碼，第二天再度上演。隔天——我想就是昨天吧——我甚至連書房門都沒踏進一步。站在門邊，想不出要寫什麼，也弄不明白我為什麼會想要寫點什麼。

我想到那把槍。想到契訶夫。下樓，看電視在演什麼。

但現在，我又坐了進來。

還是饒了他們？

就我來看，這是最合理的做法，儘管概念本身，荒謬到讓人啞然失笑。家裡的三個人，三個我最在意的人，三個讓我驚覺我也會關心別人的人、三個日子過得心滿意足的人——而我竟然還在考慮結束他們的性命。

我確定你覺得我的想法很可怕，我跟你保證，冒出這個主意的人，受到驚嚇的程度，並不遜於你。

如果我按兵不動呢？

因為，你知道的，我愛他們，他們也愛我。我一方面是個好先生，另一方面，又是好爸爸。我甚至懷疑他們把我當成基督、孔夫子或者美國隊長。我相信，在他們對我的愛裡，有明辨是非、平衡考量的一面，但，我還是覺得，他們把我想得太好了，我可不敢這樣評價自己。

他們以為我是好人。

他們當然會這樣想。我從來沒有給他們任何理由懷疑這一點。我的生活，有一部分跟他們重疊；在這交集裡，我是不折不扣的老好人。

我的表現很好。有時候，我的努力甚至能說服我自己。

萬一哪天，警車停在我們家門口怎麼辦？門鈴響了，家裡的某個人跑去應門，又怎麼辦？

一旦我建構的世界，轟然倒塌，會發生什麼事情？

不敢置信，一開始。他們弄錯了，他們應該上別人家的、他們抓錯人了。不知道哪個環節出問題，反正他們熟知、珍惜的父親，不可能牽扯進這種令人髮指的慘案，一定是別人幹的。

但他們總會信的，遲早。紙包不住火，他們終究會得知實情。

然後呢，我不知道接下來會怎樣。我可以預見幾種發展，但無法判定哪一種會出現在我們眼前。因為我們擁有自我意志？還是因為我們的人生劇本早已注定，只是無法在我們面前揭露？

主觀上，怎麼演變其實並沒有差別。我至少確定一件事情——未來一定非常恐怖。他們會知道我深藏在心裡的真相，每個認識我的人，國際同濟會、扶輪社、獅子會的會員，跟我一起打保齡球的球友，我雇用的員工……

諸如此類。還有到店裡光顧的客人，無論在利馬還是潘德威爾。每個住在附近的人，真的，每個看電視的人，或者拿起報紙來讀的人。

我不認識的人。我從沒見過也永遠沒機會見到的人們。全世界的人們，要不是因為DNA創造的奇蹟，永遠也不會聽說過約翰．詹姆士．湯普森、羅傑．博登，或者，上帝憐見，辛蒂．羅希曼。

當然，我犯不著站在一邊，把整齣劇看完。我也犯不著找個律師，讓法庭攻防戰拖拖拉拉。此時，坐在此地，我大可打開最底層的抽屜，將一顆子彈射進我的腦袋裡。

就此了結。除了死後，餘音繞樑的生命反諷，我算是出局了。就此解脫。

但是，他們呢？

鬧劇的下半場，儘管我無法參與，還是會一幕幕上演。記者爭相把麥克風湊上路艾拉的嘴巴前，想知道她怎麼跟姦殺犯生活？亞登、克莉斯汀也會有類似的遭遇，情況可能還更糟一些。

我倒是挑了最容易的一條道路，像是個懦夫，落荒而逃；留下他們面對無窮無盡的磨難。

所以。這三個人：我的妻子、兒子與女兒，在這世上，是我真正關心的人。如果，我趁他們熟睡之際，一個一個的殺了。動作迅雷不及掩耳，事畢之後，我再自殺。

這樣一來，我們一家人就都安全脫身。沒有人能再接觸我們。就算真相揭露，也無法粉碎我們虛構出的幻象，因為我們不在今生，也不在彼世。

當然，這新聞又比單純偵破懸案，來得更驚悚刺激。多年前的姦殺凶手，完全融入居家生活，最後喪心病狂，竟然連自己的家人都不放過，成為披著人皮的惡魔。

這新聞更大，報導熱度一定更持久。但這跟在森林裡倒了一棵樹，無聲無息有何不同？因為現場根本沒人，哪隻耳朵聽得到？我們四個人都走了，世事再喧囂，反正我們也不在，不見、不聞。

而我現在坐在這裡。

這是犯了比殘害辛蒂・羅希曼更嚴重的滔天大罪嗎？這是人類難以想像、罪大惡極、罄竹難書的卑劣行徑嗎？

還是慈悲為懷，哀憫世人，才會痛下殺手呢？

我要好好想一想。

我真的有在想嗎？

我的例行工作就夠忙的了。起床、淋浴、剃鬚。早餐，孩子們上學之後，跟路艾拉喝第二杯咖啡。

這是一個很舒服的早晨。我可以步行上班，但這意味著我中午得走路回家；因為我需要開車去參加扶輪社的午餐會。前兩次聚會，我都缺席，幸好我也不擔心跟會員失去聯絡。

俱樂部活動在我建立穩固的企業人脈之後，功能不像以前那麼重要了。湯普森道斯平穩經營，利潤始終不差，每年的進帳紮紮實實。沃爾瑪、好市多跟家得寶進逼，每多開一家都是威脅，但我們也熬過來了。我不開新店，也不想費九牛二虎之力，去維持企業成長。

我聽過有人講過一個故事。大家總是愛嘲笑蘇格蘭人吝嗇儉樸。就有這麼個蘇格蘭人，來到店裡，打量一件外套。他的考慮是到底耐不耐穿？他問店員，這外套大概能穿多久？

她看看他、看看外套；看看他，又看看外套。

「它會活得比你久。」她用濃濃的蘇格蘭腔回答。

湯普森道斯會活得比我們都久，每年的利潤包我們滿意，只怕我跟路艾拉未必有命花。亞登想要當獸醫，熱情始終不減；我不確定克莉斯汀將來想做什麼，儘管有時我會想她可能是單口相聲演員，或者在幕後寫脫口秀台詞，讓別人表演。

兩個人無意賣榔頭釘子、鍋碗瓢盆給利馬——或者潘德威爾——的安善良民謀生，都不想繼承父業。湯普森道斯可能盤給一或兩個新業主，繼續經營——當然會改個名字，毫無懸念。

或者，乾脆把兩家店都收了。沒有留下任何商業遺產，我一點也不在意。在利馬零售業的萬神殿裡，並不需要給我跟波特・道斯的名字，留下一席之地。

我沒在想謀殺與自殺的時候，原來，腦筋還是轉個不停。

我去參加聚會，聽了一兩個故事。有人說，不知道該用現在的車去換一輛新車，還是再撐一年？我把蘇格蘭人挑大衣的傳說又講了一遍。

「我希望這車沒我活得久。」他說，「只要挨到新車款問世，就可以壽終正寢了。」

幾則地方瑣事，傳進我的耳裡，這才知道查爾斯・基特崔奇，病情急轉直下，快速惡化；他的家人正在尋求居家安寧照料。我認識查爾斯比熟悉安寧照料這個詞久太多了。早在我混進扶輪社之前，查爾斯就已經是非常活躍的會員；得意人生之後，難免遭遇挫折，但我也沒想到劫難來得如此迅速。

查爾斯跟我——我叫他查爾斯，不是查理、不是查克——始終不算太親密，但經常碰面，很有話聊，總能營造出愉快的情境，也讓我們兩人成為很受歡迎的社交潤滑劑。

我會惦記他嗎？

他的喪禮我會去。但在他撒手人寰前，明明有機會開車經過他家，見他最後一面，但我完全沒這意思。我們倆的交情還勞動不了我的大駕。等他死後，再送一束花跟一張卡片給他家寡婦。

穿上西裝、打好領帶，去參加喪禮。之後，偶爾偶爾才會想起這個人。如果我還記得他的話。

雜七雜八的事情，占滿我的腦海，忙到沒有時間仔細評估殺光家人再自殺的優劣。

「爸，你有空嗎？」

我剛剛寫完最後一段，花了五分鐘時間，坐在那裡，盯著看，想不出還能加點什麼。

或者，沉吟半晌，減點什麼。

所以，我關上電腦，下樓，找把椅子坐下，拿起路艾拉讀完推薦我看的小說。反正我也沒讀多少，有人打岔也無所謂。

路艾拉在廚房、克莉斯汀在前面看電視。亞登跟我走到門廊。他正想開口，一個人騎著摩托車呼嘯而過，他又把嘴巴閉上了。噪音逐漸遠去，他說，不知道騎在這種車上是什麼感覺。我說，我也經常在想這個問題。

「但沒渴望到自己去騎騎看。」

「我覺得很不爽。」他說，「這麼吵，干擾別人講話。」

「我想，至少他自己不在意。」

「我想也是。爸？又寄來一封電子郵件。給克莉斯汀的，但我收下了。」

「又出現了一個比對結果。」

他點點頭。「一個住在亞利桑那州史考特戴爾的男性，比對結果，比其他人的吻合程度更高。看起來他是克莉斯汀的姑姑或叔叔、伯伯。不可能是姑姑，因為——」

「因為他是男人。」

「呃，對。」

「我想他們應該沒告訴你對方叫什麼名字吧。」

「其實……他們告訴我了。」

「喔？」

「他叫做亨利・艾蒙特・博登。」

我哥哥亨利。漢克。我不記得他還有個中名。以前應該知道，但現在回想起來，腦中一片空白。艾蒙特。家族中某個長輩的姓氏吧，增加點辨識度。這世上起碼有幾百個亨利・博登，但中名叫做艾蒙特的，想來少得多。

「郵件是今天寄到的嗎？」

「其實是昨天。我昨天晚上本來想講的，但是——」

「但是也沒什麼好急的。」

「我猜是。對吧？」

「一點問題也沒有。」我說，「要開車出去兜兜風嗎？」

引擎啟動，音樂聲隨之響起，這是一家專門播放老歌的電台。我關掉收音機，漫無目的地開了一陣子，隨車子自行前進，往郊區的方向移動。

我們倆沉默了一陣子。然後，我說，「史考特戴爾位於鳳凰城的外圍。我想是很高級的區域吧。有個獨立零售貿易協會。波特．道斯先生生前是長期會員，反正年費不高，我也就跟著繳下去了。每年，協會都會在史考特戴爾舉辦大會。我從沒去過，連想都沒想過；只是我聽到史考特戴爾這個地名，不免想起這件事情。」

「那個人是——」

「住在那裡，很明顯。」

他等著。

「我哥哥。」我說，「亨利，但每個人都叫他漢克。也許他現在又叫回亨利，或者自稱H．艾蒙特．博登。這是他的中名沒錯吧？艾蒙特。」

「他們是這麼告訴我的。」

「亨利．艾蒙特．博登。我們家有十個小孩，一堆兄弟姐妹。我真的不知道有多少人還在這個世上。我想透過基因分析的奇蹟，我們應該可以一個一個找出來。」

「爸，我真的沒想到會變成這樣。」

「千萬不要責怪自己。這事兒到今天這個地步，也不是你故意的。」

「沒想到……」

那麼現在他在想什麼呢？他可有感受到，過去我藏著避之唯恐不及的隱私？他有沒有概念會是什麼呢？

我想找個地方停車。相中一塊長條型的購物中心，好些店面沒開。停車場裡，就只有兩輛車：一部是小貨卡，一部SUV，挨在一起，停在汽車零件廠前頭。我在另外一頭停好車，關掉引擎。

「我第一次來到這個地方的時候，」我說，「跨過好幾個州界。我是在西邊長大的。」

「這個我知道。」

「你還知道什麼？」

「呃？」

「或者懷疑啦。你對目前的狀況很有概念。」

他把雙手放在膝蓋上，規規矩矩的坐在安全帶後面，眼睛安分下垂，盯著手看。他說，「我知道你的過去，有些事情是見不得光的。」

「你想得出可能是什麼事情嗎？」

「想不太出來。」他轉頭，看著我。「過去怎麼了，現在也無關緊要，你知道嗎？藏了這麼多年，就讓它入土為安吧。要不是我笨到家了，怎麼會把採樣的ＤＮＡ寄出去呢──」

「我們其實是殊途同歸。」我說，「知道這一點，你就不要再責備自己了。」

「說是這麼說，但是──」

「我是一個很特別的人。」我說。「安定不下來，喜歡漂泊。沒有什麼社會秩序的概念，也不知道自己的定位。各式各樣的看法擠進腦海，我也沒有什麼自己的觀點，想到哪裡，做到哪裡，因為我沒有能力控制內心的衝動。」

他坐在那裡，沉默，眼神垂了下去。

「你知道什麼是反社會行為嗎？」

「知道一點。」

「有各式各樣的定義，看你查哪本字典。如果，你查的是有插畫的字典，說不定可以看到巴弟。」

「巴弟？那是當時人家叫你的名字嗎？」

「只有我穿著繡了名字的工作服的時候。那時候，我比你大不了幾歲，我做了很多雜七雜八的工作，其中之一，是在南加州幫人加油。」

「你那時候已經不住在家裡了。」

我搖搖頭。「我就胡亂找個事情做，睡在車裡，找個地方暫住，窩一陣子，接著流浪。幫人加油——那時加油站還沒想到說駕駛可以自己加油、可以自己刷車窗，所以呢，他們願意付一點錢給我這種人。有個幹我這活的人，把襯衫扔了，胸口袋上面繡著巴弟，正好是我的尺碼，我就洗洗穿了。」我皺眉。「我想我有洗吧。」我說，「還是沒有？我這個人對這種事情素來不大講究。」

他坐著，靜靜的聽。

「還有一個工作，在我不辭而別之前，我把收銀機裡面的錢，洗劫一空。那是因為我討厭那個經理。說來好笑，我記得那個人的臉，卻想不起他做了什麼、說了什麼，為什麼我會那麼氣。」

「這是很久以前的事情。」

「非常非常久了。你可以說，那時的我根本是另外一個人。也許是吧，也許不是。」

他依舊沒吭聲。我們讓最後一個句子，在車內迴盪一會兒。

我說，「我們還是直接進入主題吧。你媽應該已經把晚飯做好，端上桌了。有一天晚上，我穿著巴弟的襯衫，到酒吧喝杯啤酒，做了某件事情。而且我沒法光明正大的承認。」

「你也不是非說不可，爸。」

「我殺了人。」我說。

又是一個在空氣中盤旋不去的句子，每一個字眼，聽來都格外刺耳，回音裊裊，撞擊到儀表板，再彈回來，不知道為什麼，在沉默中，反而越來越響亮。我打開車窗，不是想讓空氣透進來，而是讓這幾個字，趕快竄出去。

「一個女人。」我說，「叫做辛蒂．羅希曼。我後來才知道她叫什麼名字。她也只知道我繡在胸口的名字。『嘿，這不是巴弟嗎？』我記得她在生前講過這幾個字，其他我就不記得了。」

好多年以後，她才又開口。可能是在我的夢裡，卻又比尋常的夢真實許多。她又說了那幾個字。『嘿，這不是巴弟嗎？』還多加了幾個句子。在我心頭依舊鮮明的時候，我記在先前的段落裡，但我也懶得翻出來核對一下。

然後她說，*我原諒你。*

「我殺了她。」我說。

「那是意外。」

他真是個好孩子。是個家教好、忠誠大方的年輕人。我能接受他慷慨賜予的好意嗎？

顯然不能。

「不是意外。」我說，「我也沒醉。我只點了一杯啤酒，甚至沒喝幾口。我們就一起離開酒吧了。」

記憶如潮水般湧來。我卻找不到合適的字眼對應。權且跳過吧。

「最後，我用手扼住她的脖子。」我說，「直到她斷氣，我都沒放手。」

「然後，我強姦她的屍體。」

不，這話我沒說。

接下來，我打破冗長的沉默，道歉。不是解釋我過去的行為，而是遺憾舊事重提。

「我真是沒想到，有朝一日，必須跟你講這些事情。」我說，「我始終想不到有什麼理由翻舊帳，一直以為過去的事情就留在過去吧。」

「我實在是不該——」

他才一開口，就被我打斷。「真的要怪，」我說，「就怪克里克跟華森吧。科學原理一旦被證實，科技當然緊緊跟上，一堆人冒出來研究怎麼應用，周邊事物又隨之進化。持續不斷的進化。你三不五時的看一下，每次都有新的發展。接觸DNA，我的老天啊。早先，他們要從大量的體液裡，取得足夠的細胞，才能分析出DNA來。」

「我不知道他們是怎麼做到的。」他說，「但是，我相信他們做得到。」

「比方說我們雙手接觸，」我說，「我手上不知道什麼東西，就會跑到你的手上。一兩週前，《四十八小時》有一集，連續強姦犯，盯上一個從沃爾瑪出來的女性。」

「我記得是『目標百貨』（Target，譯註：高級折扣百貨，跟走廉價路線的沃爾瑪定位不同）。好像這有什麼差別似的。」

「對他來講是有差別的。我猜，去目標的女性應該比較搶手。他有戴保險套。」

「我記得。」

「之後就隨便找個地方扔了。他倒不是擔心會得STD。」

「或者擔心女方懷孕。」

「他知道精液跟DNA。」我說，「他以為這樣就夠安全了。要是他知道接觸DNA，他會怎麼辦？戴手套？」

「或是穿上全身隔離裝。」

我正在想像，或者試著想像，然後他說，「爸？在你……」

「殺了她，」我替他說。

我原本以為他聽到這個字，會被嚇倒。但，沒有。「然後發生什麼事情？你就這麼離開了嗎？」

「漫無目的的往前開，找間汽車旅館棲身。我本來就是流浪漢，我就到處流浪，等著警察來抓我。但一直沒人來，我也不知道他們從犯罪現場取得什麼證據、偵辦進度又到哪裡、距離破案有多遠。然後，索罕．索罕就冒出來了。」

「誰？」

「暗殺巴比．甘迺迪那個。」

「對，」他說，「我知道這個名字，但不知道哪兒聽來的。你知道嗎？你剛剛講到這個名字的時候，我還以為是哪個樂團的名字。」

「或者哪個強暴犯。」

「小索罕（譯註：索罕身高只有一百六十五公分）。這真的是好久以前的往事了，是不是？」他深吸一口氣，靠著椅背，坐直，我接獲這個肢體訊號，但願詮釋無誤，啟動引擎，開車回家。

開到長條購物中心與家中間，亞登想出一個很古怪的方式問我：除了辛蒂・羅希曼之外，在我的犯罪檔案裡，還有沒有別的記錄？

我跟他保證，在那之前沒有。但我曾經想過。幻想，我說，始終擺脫不了，就是在腦海裡轉一轉，到此為止。

「那麼你還有——」

「還有沒有做過類似的事情？沒有。」

他點點頭，很滿意我的保證，但我卻覺得如鯁在喉，不吐不快。「我有想過。」我說。

「喔。」

「有的時候，甚至覺得我會再次動手。」

「但你沒有。」

「不，從來沒有。而且，衝動──」

「逐漸消失？」

「沉澱了。」

晚餐桌上，我倆渾若無事，好像沒有剛才的那番對話。路艾拉端上燉羊肉。這次她改變調味配方，新增孜然跟卡宴辣椒粉，滋味更加誘人。

「改用慢燉鍋，」她說，「不是壓力鍋。坦白說，我有一點背叛的感覺。」

他們看著她。

「我跟你爸第一次聊天就是講這個話題。」她說，「在店裡，講壓力鍋。」

「我們還講到大黃。」我說。

「那次我買回家的壓力鍋，過了這麼多年，還是好端端的。」

「狀況比我好。」我說。

「你們兩個都非常耐用。」她說，「料理大黃，我只用壓力鍋。」

我怎麼遇見你爸的？路艾拉追憶當年的歷程，我補充一兩則我還記得的軼事。這不是我們四個人第一次踏上回憶小徑，亞登跟克莉斯汀都很喜歡這些吉光片羽，聽他們父母是怎麼開始交往的。

我的思緒卻不免飄開，不知亞登做何感想。在購物中心的那番長談之後，情況又改變了。他會在秘密周圍築起高牆，跟大黃與壓力鍋保持安全距離？

我們離開餐桌的時候，我告訴亞登，等會兒到我樓上的書房來一趟。「你要不要給我，呃，半小時？四十五分鐘好了。」

我坐在桌前，立刻開始打字，把我們剛剛看到的對話打進電腦。鍵進最後一個句子，我還看了電腦半晌，要不要添點什麼。我想，夠了，暫時言盡於此。關掉檔案，幾乎同時，響起敲門聲。

我看了一下手錶。他給了我整整一小時。

我請他進來，指著旁邊的椅子。這椅子挺舒服的，但坐進去，看他的表情，好像很彆扭。我明白他的感受。我莫名其妙的自白，坦承殺人。誰知道我接下來會做什麼怪事？

「你心裡可能會有些問題。」我說。

他聳聳肩。

「比方說，我為什麼要跟你講這些。」

「是有點納悶。」

「我從來沒想過會有這麼一天。我開車一路往東，前途茫茫，直到有一天，我覺得，我說不定可以擺脫這件凶案。那時候，我已經來到俄亥俄州。我給自己取了個新名字，申請新的身分證件，開始建立一個全新的人生。我想，就讓過去留在過去吧。」

「但是ＤＮＡ——」

「不只是ＤＮＡ。全國都掀起重新調查懸案的風潮。這世界進步的速度，快得讓你頭昏。最大的改變就是沒有人逃離得了過去。目前，我們碰到的就是這個狀況。」

「我不大確定我弄懂了你的意思。」

「假設你回到過去，比方說一百年前，不不不，算它一百五十年前好了，一路來到西部拓荒的時代。想想西部電影或者電視劇的開場，經常是一個傢伙，騎匹馬，穿過草原，進城來。不管是怎樣的過去，盡可留在原地——扔在別的城裡。

「他愛管自己叫什麼名字都成。沒有人會檢查他的身分證件。甭說他沒有證件，當時任何人都沒有。你的家世，你說了算；除非知道你的底細的人，也騎馬進城了；否則大可過你的新生活，把過去拋到九霄雲外。」

他點點頭，心裡描繪當時的情景。「也沒有監視器。」

「就連二十幾年前，都沒有幾部監視器。在治安不好的區域裡，酒鋪子啊，零售店什麼的，才會裝。但不怎麼好用，經常有人忘記維護。波特·道斯就有一部，在收銀機上面，加裝一個監視攝影機。那時候，我有個工作，就是關店的時候，把錄影帶倒到頭，準備第二天再錄。現在我們店裡有四部監視器，店外有一部，數位的，不怎麼需要管理。我們這間五金店，從來沒被打劫過，都得擺出這種陣仗。」

我們談了會兒監視器，對於意圖順手牽羊的小賊，是有嚇阻作用；至於行搶，一來我們本來就不是搶匪下手的第一目標，二來，信用卡交易越來越普及，使用現金交易比例逐年下降，自然勾不起歹徒的覬覦。

我們倆開始東拉西扯，不打緊，父子之間這種翻來覆去的閒談，也很愉快。等到氣氛醞釀妥當，至少該有的事前鋪墊已經差不多了，我說，「你跟我提起你伯伯漢克的時候，大概沒想到我會講出這麼驚人的過去吧。」

「我根本不知道該想什麼。」

「但我找你講講話，應該在意料之中吧。」

「不算太意外。」

「我自己也沒料到會情不自禁。我原本希望生命裡的這個部分，能一直留在貝克斯福爾德。」

「這是案發地點？」

「這是我一直以為把往事深埋在那裡的地方。就像是牛仔一樣，騎馬進城，重新開始。這些年來，我都過著新的生活，直到我幾乎忘記過去、忘記我曾經是怎樣的人。」

「巴弟。」他說。

「巴弟已經死了。」我說，「對我而言，把他留在原本那個地方並不難。我也不認為誰有辦法尾隨他，一路往東跟到俄亥俄州來；也不認為這裡有誰需要知道那一頭發生的事情。」

他想了想，良久，懂得我的意思，點點頭。

「但隨著法醫鑑定技術的進步，重啟陳年懸案的調查風潮，經常登上報紙頭版或者新聞節目，我開始憂慮；倒不是擔心審判跟刑期，而是不想讓你跟你媽知道我以前是怎樣的人，幹過怎樣的事。」

「媽還不知道這些事情？」

「還不知道。只要有人跑到我們家敲門，你們很快也就知道了。還有你妹妹。後果不堪設想。」

「不會吧。」

我閉上眼睛，想會兒，小心選擇接下來的用字。「向你坦承實在是很難。但是，不講，要維繫這個家庭更難。」

「我想，我應該知道你的意思。」

「有件事情我一直覺得很困擾，說不定連自己都沒意識到；為了要隱瞞這個秘密，我得把過去藏進陰影裡。有關我的一切都不能讓你們知道。但，我的老天爺，我有九個兄弟姐妹啊！也就是說，你有九個你本來不會認識的伯伯叔叔姑姑。我不想假裝跟他們很親密，但他們活在這個世界上，你有權利知道，我卻不能告訴你。當然，你們並沒有血緣關係，然而——」

「但他們還是我的親戚，」他說，「你是我爸爸，他們是你的兄弟姐妹，也就是我的叔叔伯伯跟姑姑。他們跟我沒有血緣關係，但可是克莉斯汀真正的親戚。」

「對，這倒是真的。」

「包括DNA在內。」

包括DNA在內。

聊開了也好，心情舒坦多了，我這麼告訴他，鬆弛我內心的緊繃。我們又講了幾句話，他上樓做功課，我坐下，把我們的對話鍵入電腦裡。

你是我爸爸。就這麼幾個字，說出口平平無奇，但讓我鼻頭一酸，喉間哽咽，不斷撞擊我的心頭。

我的確是啊。還是克莉斯汀的父親、路艾拉的丈夫。我是J・J・湯普森，本地老字號的零售商、好些公民互助組織的會員。鮮少上教堂、一週打一次保齡球。我想我會形容自己是一個有固定習慣的「居家好男人」。

這些是我扮演的角色。在此之前，我還是巴弟、羅傑。

「你是我爸爸。」

我鍵入這幾個字，耳邊彷彿響起他講這句話的聲音，一直到現在，依舊讓我感動不已。另外四個字的簡短宣示，也趁機湧現，在我心頭迴響：

「我原諒你。」

我發現我無需逼退噙在眼眶的淚水，它們打了個轉，自己就收斂了。

我多寫了上面幾段，四天前的事情。關電腦，下樓去，繼續過日子。隔天，我根本沒有踏進書房，第二天，我發現我在思考，這部日記（如果我這麼稱呼的話，但用別的稱呼，想來也無妨）——已經達到它的目的，宣洩我的情緒。當初有當初的需求，如今或許可以考慮讓它功成身退了。

也許我應該把檔案刪掉。但刪除檔案，未必能清理乾淨，難保沒有後患。我真正應該做的是，砸爛硬碟、把整部電腦扔掉。

反正這電腦也該換了。我忘記這部電腦買了多久，但一定比我上次換的車，要老上兩三歲。每隔兩三年，男人就會花大筆的鈔票，換一輛主要功能跟現在差不多的新車；而電腦呢，進化的速度更快，大家卻是能用多久撐多久。

我以前就有這種想法，今後，想來還會有類似的感受。但我會一直留著這部筆記型電腦（即便是我狂敲鍵盤，它也不會有任何抱怨）直到零件散落，不堪使用，迫不得已，只好換部新的。

我剛說過，已經過四天了。可能還不只。我也弄不清楚相隔多久，我只知道今天晚上要播《日界線》。

又一宗懸案，宣告偵破。死者是一名女性，住在東田納西，距離諾克斯維爾不遠的地方。十八年前，她穿上耐吉慢跑鞋出門運動。

再也沒回來。

有幾個含含糊糊的線索，最遠，有人自稱在丹佛見過她，但調查之後，都沒有根據。警方推斷，她可能遭到殺害，深深埋在某處地裡，搜尋起來十分棘手。

他們幾乎確定凶手就是她先生，尤其他沒通過警方測謊，更顯得嫌疑重大。但他始終堅持供詞——她出門跑步，沒有回來，我也不知道她上哪兒去了——測謊結果並不能算是鐵證。地方檢察官認為他們手上沒有足夠的證據送他上法庭，遑論定罪；就算他們想要碰碰運氣，他的辯護律師一定會說，他老婆有一個曖昧的男友，不時會跟她一起跑步。先生自行做的測謊結果，洗刷了他的清白，加上他還有不在場證明，警方更是束手無策。儘管他對老婆很壞，不難在陪審團前炮製出犯罪理論，合理懷疑他就是凶手。

重點是找不到屍體。找不到屍體就很難成案，想要指證凶嫌更是難上加難。

她先生始終不曾被起訴，自然也不可定罪；儘管每個人都認定人就是他殺的，即便連他的孩子也不例外。一年之內，他賣掉所有家當，搬去巴頓魯治。幾年之內，他又搬了幾次家，等到警方找到屍體，他人在奧勒岡州梅德福特的中途之家，剛剛結束最新一輪的隔離治療，在洗車廠工作。

有個帶著金屬探測器的老先生找到那具屍體。老先生一輩子都在田納西大學教歷史，退休之後，全靠兩個嗜好打發時間。一個是尋找可以吃的野生植物，蒐羅之餘，還用他的金屬探測器看看地底下藏著什麼寶貝。他找到的多半是毛瑟槍子彈、散落的硬幣，還有無所不在的易開罐啤酒拉環。

那女人——我還用谷歌查出她的名字（這有什麼差別嗎？），儘管她被埋進土裡的時候，戴著結婚戒指，但是這點金屬，還驚動不了探測器。主要是因為她的大腿曾經斷過，為了固定骨骼的碎片，體內植有金屬支架，這樣你能想像當時的場景了吧。

他開始挖。看到骨頭，拿起電話報警。

警方趕赴奧勒岡州，找她先生。此人花了好久時間才弄明白他們在講什麼。太太失蹤後，他結了兩次也離了兩次婚。鴉片類藥物攝取過多，腦袋有點渾渾噩噩。有的，他證實，他妻子的確在大腿裡植入金屬支架，鈦合金的，可能值個幾文錢。他說，他很高興警方找到他前妻的屍體，但這命案還是跟他沒有關係。人不是他殺的，掘洞、棄屍的人，也不是他。

不可思議的是：他沒說謊。警方著手在慢跑女士身上，進行ＤＮＡ檢測；如果能找到凶嫌的ＤＮＡ，自然可以鎖定她先生，順利逮捕結案。

沒有。ＤＮＡ是她男朋友的。他的太太稍早跟他離婚，他把房子、孩子全留給她，孤身搬到德州東部。他再婚，又生了兩個小孩，改頭換面，當上驗光師，定期除草，把花園打理得賞心悅目，還兼任小女兒足球隊的教練——警方來敲門的時候，他倒是一點都不驚訝。儘管警方手上的證據，不算充分，難以灌籃得分；他還是請他們進屋裡，倒兩杯冰茶，坦白交代原委。他放棄「引渡豁免」，自願跟他們回諾克斯郡受審，但聽從律師的建議，否認先前的自白、撤回認罪答辯，但最終還是被判處終身監禁。

曲折的情節逐漸開展，我仍然在等著「23與我」（譯註：一家位於加州的基因公司）比對出我某個親戚的ＤＮＡ，重新啟動舊案調查。時至今日，經過漫長等待的我，早就知道難逃這種結果。不過這個案子倒不用這樣麻煩，警方的檔案裡，早就有這兩個人的ＤＮＡ：無辜的先生跟犯罪的男友，只需要進行一般的檢測比對就好。他們按照正常程序，結果出爐。

這個案子以出人意表的角度激起迴響。如果真的有神，那麼此君一定是徹頭徹尾的諷刺家。他逮著兩個人：她先生跟她男友，這兩個人的行事風格，大致上符合一般人的期待。她先生，基於法律無罪推定的假設，無法繩之以法，但終身背負殺人重嫌，生活快速崩壞，無可避免的掉進酗酒與吸毒的陷阱，最近一次的隔離治療，效果大概不會比先前幾次更持久，遲早他會因為飲酒過量或者濫用毒品，一命嗚呼。逃脫法律的制裁，卻遭到生命的逆襲。

反過來看她的男友。別說是法律體系，就連死者的親朋好友，沒有半個人懷疑他是凶手。他擺脫破裂的婚姻，給自己重新開創新的模範人生。他算是相當成功的，不只在專業上，做先生、當父親，都是好榜樣。隨你的意願詮釋，唯一確定的是：他女兒的足球隊，整個球季，都沒有教練了。

他才是真正犯罪的人，在監獄裡，了此殘生——而他的新任妻子與孩子，卻得被迫面對撼動生命的巨大轉折。

你現在知道我為什麼會分外關切。

我坐在這裡，抒發我的感想，卻不停的懷疑：為什麼有必要記下我的感想呢？我看不出《日界線》的報導，有什麼地方會改變我的處境。但是這故事劇烈衝擊著我的心，或許也不意外，讓我坐在這裡，敲著鍵盤，拼出一個個的字、寫成一行行的句子，藉以整理我紊亂的心思，釐清生活中的大小事。我不知道這樣做，能不能幫助我找到解釋的觀點、剖析其中的意義，但是，我要自己把想法寫下來，我相信這是有理由的。

我懷疑亞登是不是有所感悟。

我們四個人原本都坐在電視前面看節目。十五分鐘之後，克莉斯汀故意打個很誇張的呵欠，回房間玩電動玩具去了。路艾拉客廳、廚房進進出出，爐子上燉著東西，不時需要她的照料。只有我跟亞登坐在位子上，看著案情發展，不受干擾。

我的眼神經常飄向亞登，有兩次，我們目光相遇。我不知道他在想些什麼，但我應該猜得到。

亞登・韋德・薛普利・湯普森。

他是年輕人，但本質上還是個孩子，而我卻把千斤重擔強壓在他的肩頭。我的秘密向他傾吐，到底是對還是錯？

如果我知道辛蒂・羅希曼的命案調查，究竟有多少新發現，回答這個問題顯然輕鬆許多。會不會有兩個來自加州的警察，來敲我們家的大門？

警方循線而來是一回事；他們沒有來，也是另外一回事。

也許他們根本沒那樣勤奮。調查依舊陷入僵局。這案子塵封已久，想找到確切的證據，重起爐灶，燃起破案的曙光，談何容易？且不說他們當年的DNA採樣，品質如何；經過這麼多年的降解，也不知道還剩多少可信度。萬一，他們不知道把證據放到哪裡去了，大概也懶得花時間去找。

州政府跟地方政府因為預算刪減，想來更是束手無策。我想他們應該會對懸案進行分類，將有限的資源配置在最有可能偵破的案件上——要不是當年震驚社會的重大刑案；就是被害人家屬鍥而不捨，持續壓迫警方破案，逼他們給個交代。

交代。這個詞在這裡冒出來倒是反映某種觀點。但我不知道這是什麼意思。

經常聽到類似的宣示。「我一定會堅持調查下去，」總是會看到某個緊咬不放的執法人員對著鏡頭這樣說，「因為我覺得給好人一個交代，是我的責任。」

假設他們真的使命必達，抓到嫌犯，罪證確鑿，宣告判決，兇手入監服刑，終身不得出獄，又能給人什麼交代呢？除了帶給旁人幸災樂禍的滿足感，讓死者的親朋好友釋放出滿腹怨氣，剩下的，不就是無窮無盡的失落？

她還是死了。生命繼續，死亡也繼續。現在又怎麼樣呢？不就是這麼一回事？

如果他們真的找上門來，我跟亞登的對話，好歹能因應後續衝擊，舒緩一點震撼與恐懼。他會安慰母親、安撫妹妹。

但警方一直沒出現呢？

我停在這裡，帶著這個問題上床睡覺，醒來時覺得自己好像找到答案。也許一夜好眠，帶給我某種觀點，如果不是交代的話。

在深談之後，我跟亞登更親近了；因為他知道這個他叫爸爸的男人，內心最恐怖的實情。就算是辛蒂．羅希曼命案始終無人聞問、就算是上門按電鈴的不速之客，只是耶和華見證會的傳教士或者兜售餅乾的女童軍，跟我兒子交心長談，應該也是利多於弊。

但恐怕不算給了交代，我想。我每次努力想出答案，卻又冒出新的問題。

最後一行，是我前天輸入的。在我下去吃早餐前，匆匆打出來的。

天氣預報說會下雨，所以我開車去湯普森道斯，路上聽了幾條廣播新聞。我停車的時候，一則新聞吸引我的注意，車子停妥，過了半晌，直到聽完，我才踏出車門。

講的是密蘇里州一名男子因為殺害女性，被判處終身監禁，服刑起碼得二十年，才能申請保釋。鐵證如山，不可能發現什麼新證據。犯罪過程有人目擊、證據確鑿，判決無誤，他坦承犯行，從來不曾翻案。

六個月前，法官諭令釋放。這犯人七十六歲了，大半輩子都待在監牢裡，已經過了危害社會的年齡。

所以他們就放他走了。不到六個月，這個混蛋居然再犯。不曉得哪裡弄來一把剝鹿皮的獵刀，殺了一個中年婦女，一刀直刺心臟。除非有什麼外界難以察覺的隱情，否則他與死者根本就是素昧平生，行凶動機只有他自己才明白。

整個早上我都在想這些案件關係人——凶手、相隔四十年慘遭殺害的兩名女性，還有競選連任前途坎坷的法官。

這起案件究竟有什麼意義？為什麼我只覺得很重要，卻琢磨不透其中的道理，只覺得煩躁？

那天並沒有下雨。

那是昨天的事情。

今早起來，是一個清朗的天氣，涼快但不冷。我開車，中午想去參加一個餐會；我本來就有意臨時缺席，時近中午，我坐在方向盤後，完全沒有進城的打算。

我只記得我還在猶豫，上床前也不曾期望一早醒來答案自然浮現。但很明顯的，主意自行拿定，沒問的問題，迎刃而解。

我開車回家。車庫是空的。路艾拉不知道去什麼地方了。去超市採購吧。滿可能的。

我進到客廳，打開電視又關掉，拾起一本雜誌，隨意翻了幾頁，沒過多久，我就聽到車子開進車道的聲音。我剛跨出門檻，後車廂剛巧打開，路艾拉正把一整袋的家用品拿出來。我接下購物袋，她又從車廂裡拿出第二包，我跟著她進到家裡。

「真是意外的驚喜。」她說，「我還以為你中午去參加國際同濟會的聚餐呢。」

「沒有我，他們也能吃得很開心。」

「而我，」她說，「卻不能沒有你。」

我們親吻。她退開兩步，打量著我。我可以理解她帶點疑惑的表情。我是一個習慣成自然的居家男人，中午突然跑回家，事前也沒有知會一聲，的確是有點不尋常。

但她也沒有提高警戒。不管我為什麼提早回家，她都可以靜靜的等待。答案終見分曉。

我說，「我有點擔心你。」

「擔心我？」

「今天早上，我離開家的時候。」

「早餐？」

「你的能量指數。」我說，「你覺得還好吧？」

「我很好啊。」她說，「至少我覺得我很好，直到你提起來，我才有點疑神疑鬼。你到底想——」

「我覺得你看起來很疲倦。」我說，「甚至，有點愛睏。」

「愛睏。」

「就好像你昨晚睡得很差，現在你幾乎連眼睛都睜不開。」

她臉部的線條變柔和，眼睛也亮了起來。「經你這麼一說——」

「你真的是很累，對不對？」

「筋疲力盡。」她說，「說來好笑，我剛剛怎麼不覺得？」

「有的時候，別人反而比較容易看出來。」

「一定是這樣。」

「特別是那個人很了解你的時候。」

「都要比我自己還要了解我了。」她說，「我的天啊，我真的是夠了，累成這個樣子。我應該上床去。」

「你真的該去了。」

「你剛好也在。」她說，移向樓梯，「回家吃午飯。」

「世事難料，想來滿有趣的。」

「喔，是啊。」她說，「說得真好。」

「喔，我的天啊。」她說。過了好一會兒。

「現在好多了？」

她的答案是一陣乾笑。

「我覺得你必須要小憩片刻吧。」

「我猜這頓午飯應該值得開車回家吧？還是你走路回來的？不，你有開車。」

「我有開車。」我說，「但是這頓午餐走回來吃都值得。就算是要我跟鱷魚一樣，肚子貼在地上爬回來都成。」

這句話讓她想起尺蠖，奇妙的前進動力。我們兩個同時想起，前一陣子在電視上看到，亞洲某個和尚，為了懺悔，受到尺蠖的啟發，決定用這種古怪的方式，屈身前往聖壇。我們琢磨半天，弄不清他到底犯了什麼戒，為什麼想用這種方式贖罪。話題天南地北，不成體系，一下和尚、一下尺蠖，講到哪裡算哪裡。

東拉西扯之餘，我告訴她，我愛她。她說，她愛我。她打了個呵欠、伸個懶腰，說出這麼多年，我們倆經常講的一句話：在茫茫人海中，遇見彼此是多麼幸運的事情。

我說，「我希望你在今天結束之前，還能保持一樣的感受。」

「我應該一整天都容光煥發。」她說。這才意會到我話中的嚴峻，臉色開始凝重起來。

「有件事情我們一定得談一談。」我告訴她。

她坐起來。「你還好吧？親愛的，要不要我打電話給醫生？」

不用醫生，我想，也許律師比較合適。

不過，我卻這麼說，「不，我很好。但有件事情我得告訴你，只是我不知道該從哪裡講起。」

結果，我就是從這裡講起，坦承自己不知道從哪裡開始、該怎麼開口。事實證明，怎麼開頭都好，一連串的字句就這麼不斷湧出。

我用了哪些字眼、敘事順序會不會顛三倒四？都不重要了。一開頭，我還聽得見腦海裡浮現的字眼，可以選一選，想想哪些事情該講、哪些不要提比較好。沒過多久，事前的回音就沉默了，我就把我必須講的事情，一股腦的和盤托出。

我講了很久，儘管我也說不上來有多久。我沒注意到開始的時間，從頭到尾，根本沒意識到時間。起初，我挨著她，坐在床上，之後就一直沒有變換姿勢。她也是，伸直身體，靠著我。我偶爾看她一眼，眼神多半朝向床角，一片茫然，無法聚焦。

那裡是辛蒂・羅希曼說原諒我的地方。

等我終於正眼瞧著路艾拉的時候，卻讀不出她臉上的表情。感覺起來，她一直很專注，我停下來想聽聽她的想法、有沒有問題，她始終靜默，等著我接著說下去。我頗感意外。這麼多年來，我曾受邀一、兩次，對某些群組，發表演說。我因此學會了如何從聽眾身上，汲取能量，用我的雙眼，分辨他們的感受，捕捉細微的肢體動作：點點頭、面部表情，就像是無聲的頌歌，引領我修正前進的方向。但我現在毫無線索，渴望知道我最重要的聽眾，對於這次的演說，做何感想，是不是能體諒、接納？

但我只能看到告白最需要的回應——凝神傾聽、心無旁騖、仔細斟酌，留給我最多的空間，盡情發揮。

我交代了什麼？我保留了什麼？

你可能以為我說的每個字，我都記得一清二楚，至少也能講個八九不離十。但不是。我也說不上來為什麼。

我想，重要的是：我坦誠以對，不在意事後回想起來，哪些話講得不夠漂亮。

我知道我講太多關於我的童年與我的家庭。雖說亞登告訴我，他找到克莉斯汀失聯的遠親，已經勾起我的回憶。但是，講得出這麼多的陳年往事，連我自己都大吃一驚。我兩個哥哥，總喜歡拿女孩子說嘴，嘲笑對方。有個妹妹怎麼也學不會騎腳踏車，沒想到，發生奇蹟，在兩個小時之內，操控、行進自如。

這個、那個……

我在這裡停下來，把頁面捲上去，閱讀我行凶過程的追憶、勒斃辛蒂與隨後姦屍的快感。今天下午的描述，並沒有那麼詳細。

我想這是很自然的。縱使一個人想要誠實、坦白，但是親口揭露自己惡魔般的真面目，總是難免遲疑。

我又停了下來，事實上我也想不出要講什麼了；她也知道，我每次畫上句點之際，都會拉過她的手，放在我的手背上。她溫暖的手指，輕觸我的手背，情意超越千言萬語。

「我很高興你跟我講這些，」她說，「而不是去扶輪社。」

國際同濟會，我想。

「我是說國際同濟會。」她說，好像我的想法會出聲似的。「你特別回家來跟我告白。」

「對。」

「但你先跟我做愛。」

「對。」

接下來，她就沒說話了。我回答她放在心裡的問題。

「我覺得這可能是我們最後一次了。」我說，「一旦你知道實情——」

「我會嚇壞嗎？會犯噁心嗎？」

「你會嗎？」

她花了點時間，仔細分辨。「我知道有點不對勁。」她說，「我們在遇見彼此之前，沒關係，不需要事無鉅細，交代得一清二楚。以前有個姑丈騷擾我，我就沒跟你提過。」

「是沒有。」

「我那時真的很小，五歲還六歲。你能想像跟那種年紀的女孩發生性行為？還是個小孩呢。」

「還真沒辦法。」

「騷擾了兩次。他說，他有東西給我看，我一定會喜歡；結果卻是脫下我的褲子，舔我。至少有，我不知道，幾分鐘吧。然後他停下來，拉起我的褲子，放下裙襬。告訴我說，我是好棒好棒的漂亮女孩，剛才發生的事情，千萬不能跟別人說。而我還真的守口如瓶。」

「直到現在。」

「直到現在。我還沒告訴你最糟糕的部分。我很喜歡。」

「你難道不害怕？」

「也許我應該覺得害怕，但，從頭到尾都沒這感覺。事實上，我的感覺非常好。

怎樣？」

「什麼怎樣？」

「你臉上的表情？」

「喔，」我說，「我只是在想——」

「我知道你在想什麼。『到現在，你還是很喜歡。』」

「這個嘛……」

她故意深深吸一口氣。「第二次，」她說，「應該是在兩或三個禮拜以後。也許更久。我真不知道他幹嘛隔這麼久。」

「可能有罪惡感。」我試探著說，「或者恐懼，要不然就是兩者兼具。他做了這麼惡劣的事情，只要你不吭聲，他就沒事了；所以，當時的他必須要確定，你不會突然爆料。」

「然後，他看著我，卻發現我一副沒法抗拒的樣子？」

「諸如此類的線索。」

「我懷疑。反正呢，只剩下我們兩個人的時候，他問我，要不要找點樂子？我當然知道他在說什麼，所以，我坐在他身邊的長椅上，拉起我的裙子、脫下小褲褲，不過這一次我不用擔心接下來會怎樣，或者我應該做何感受。」

「你還是很喜歡嗎？」

「喔，天啊，我愛死了。我不知道我有沒有高潮。那種年紀的小女生也會有高潮嗎？」

「這問題恐怕在我的專業知識範圍外了。」

「我猜是有可能的。因為我希望他再多持續個幾分鐘，說不定在那個時候、那個地方，我就來了。但我猜他有，因為他的身體發抖，還發出呻吟的聲音，但我還沒意識到呢，小褲褲又被拉回去了。他把上次那番話，又叮嚀了一遍。我是多麼可愛的小女孩，這一定要是我們兩個人之間的小秘密。」

「所以，沒第三次了？」

「沒有，我還等了半天。第一次也沒想太多。發生就發生了，反正我也喜歡。完全出乎我的意料，根本沒想到還會有第二次。然後，我就開始想東想西，我還想要，我開始觸碰自己。」

「想像你的手指是唐叔叔（Uncle Don，譯註：美國兒童廣播節目主持人）？」

「豪威姑丈。他的名字叫做豪威・戴斯蒙，娶了我的姑姑寶琳。我父親有兩個妹妹，寶琳姑姑是比較小的那一個。我不知道我在摸自己的時候，是不是想到他。我只是覺得很舒服，我喜歡讓自己舒服。」

「豪威姑丈呢？」

「死了。」

「喔。」

「開車失控身亡。我年紀太小，不能去喪禮。我想不通到底幾歲的孩子才能去參加喪禮？可能每個家庭的狀況都不一樣，但也要看跟死者的關係有多親密吧。」

「你跟死者的親密程度，可能超過一般人的理解吧。」

「我猜，」她說，「沒有任何人察覺異樣。也許我不是第一個被豪威姑丈當冰淇淋甜筒舔的小女孩。你知道我還懷疑什麼嗎？就是說，我不知道，幾年前有人在電視上坦承，那種無人目擊的單一車禍，很可能是一種自殺方式，藉以擺脫糾纏。」

「人死都死了，還有什麼好擺脫的？」

「擺脫恥辱啊，或者保險理賠。如果能證明你是自殺，保險公司就不用理賠了。」

「一般人是這麼想沒錯。」我說，「自殺，的確是無法向保險公司申請理賠。但是，過一段時間，某幾項政策開始施行之後，就不是這麼一回事了。再過一兩年，保險公司就沒這麼好脫身了。」

「這我倒是不知道。」

「但你懷疑豪威姑丈是自殺。」

「理論上是駕駛失控。」她說，「直直撞上萊昂大道高架橋下的某根水泥柱。『這就是豪威姑丈發生意外的地方。』我們每次開車經過，大人總愛這麼說，我記得我聽過不只一次。也許是意外，因為人們開車，的確是有失控的時候，撞到橋墩什麼的。問題是現場無人目擊，就像森林裡的一棵樹。」

「即便樹倒了，也沒有聲音。」

「就是這句話。現在我猜想還有一種可能性，在悲劇發生這麼多年之後——」

「你聽到電視上提供某些線索。」

「對啊。我們家裡的大人當時懷疑過嗎？只是已經沒人可以問了，他們都走了，沒法確認到底是不是意外，或者是半個意外，如果他喝了幾杯，開得太快，一時衝動，方向盤猛力往右打……」

「而且重踩油門，而不是煞車。」

「『喔，管他去死！』諸如此類的狠話，也許。」

「你會不會有點擔心？」我說，「如果這事跟你有關的話，怎麼辦？」

「如果他是蓄意自殺，就有各種可能了：害怕曝光、害怕他可能會再犯，無法自拔、恨自己為什麼是這種人。只是真相已經沒法搞得清楚了。」

「是沒辦法。」

「人們必須承受各種低潮，未必見得跟眼前的現實生活有關。我是沒有罪惡感，因為我又沒做什麼，我完全不會怪我自己。」

「很好啊，因為你沒理由怪你自己啊。」

「但我懷疑，」她說，「一個人好端端的開車在路上，怎麼會發生這種事？我告訴你一件確切發生過的事情。我不再想我們做過的事情，我應該說，他做過的事情，應該這麼說。你知道的，裙子拉上去，褲子脫下來。」

「舌頭伸出來。」

她轉轉眼睛。「我沒再想，是因為這好像只能跟豪威姑丈做。既然他已經永別，我就不會再看到他。這的確很讓人難過，唯一能做的事情就是不要再想他了。我幾乎忘記這檔事、忘記撫摸自己，過了好一段時間，我，呃，直到後來，才又重新發現過去的感受。」

「你從小就這麼騷？」

「喔，也不盡然。你知道嗎？從那以後，就沒有人那樣對我，直到——」

「直到什麼？直到你結婚？直到你在鐵路大道的那家酒吧裡，碰到瑪蒂娜・娜拉提洛娃（Martina Navratilova，譯註：捷克裔美籍傳奇女網選手，也是著名的女同志）？」

「傻瓜。直到我去買壓力鍋，遇見我夢想中的男人。」

「但你明明結過一次婚。」

「那次的婚姻還不壞。杜恩跟我在床上也還可以，但，從來沒有口交過。他不主動，我也沒想過。」

「你從來沒想過？」

「實在話，沒有。那一次，我還是個小孩子，藏在內心的最深處，日子久了，也就忘了。『喔，我現在嫁人了，可以做跟豪威姑丈在一起做的事情。』我從來沒有這種想法。」她皺著眉頭。

「也從來沒跟人提過。」

「他不是叫我不要跟任何人說？你還不是？以前也是絕口不提。」

「直到現在。」

「你卻告訴亞登。這很有意思。那天晚上，你們兩個偷偷摸摸出去，我就知道情況不對。但以為你是跟他說，一定要戴保險套那類的。你知道的，老爸的忠告。男人的話題。」

「不完全是那樣。」

我說，我告訴亞登的是一個編輯過的版本，比較短、比較簡略的過去。但是她剛剛聽的，不也是一個編輯過的版本？我並沒有從實招來，沒有和盤托出掠過我心頭的每一個動機、每一次莫名的衝動、每一個真實的感受。我記在這個尚未結束的電子文件裡，雖說翔實得多，也不可能到鉅細靡遺的地步。

這個文件本身，不就是我內心編輯後的結果？反映著我現在的尺度？我不正在選擇哪些事情要輸入，哪些直接拋到九霄雲外去？

我們講了很長的一段時間。直到她起身淋浴。她從浴室出來，換我進去。我們穿好衣服，下樓到廚房，吃點三明治，接著聊。

多半是臆測。可能的發展大概會是怎樣，這個發展跟那種場面，應該怎麼處置。不管誰有什麼想法，我們都會窮追不捨，一定要仔細審視。

也有對話無以為繼的時候。共享沉靜。

「我從來不知道你還有把槍。」她說。

「你怎麼會知道？藏在我抽屜深處。」

「答應我，永遠不要用。」

我告訴她，我有想過在被重重包圍，只得負隅頑抗之際，這是唯一的出路。貝克斯福爾德那邊的人踏上我們家門廊，敲我們的門，我就會用槍指著頭，一了百了，不用應付接下來那些難堪的場面。

但我沒告訴她，我還考慮過這手槍的另外一種用法——我躡手躡腳，從這個房間到那個房間，省了我們所有人曝光後的痛苦，不只是我，還有她、亞登跟克莉斯汀。內心編輯善盡職責，我要再次感謝它。現在更不可能提了，坐在這裡，兩杯咖啡，想想我居然會有這種想法，實在無顏開口。

「我從來沒用過。」我說，「它會一直留在原來的地方，緊緊的鎖在抽屜裡，不會傷害任何人。管他的契訶夫。」

契訶夫讓她有些困惑。我解釋典故給她聽。她也覺得左輪最好一輩子都鎖在抽屜裡。在落幕之前，並不是非擊發不可。

「所以，你的本名叫做——」她突然住口，手掌比出一個制止的手勢，「不，不用告訴我，否則我也要強迫自己忘記。那不是你的名字。你的名字是：約翰．詹姆士．湯普森，你就是這個人。我就是愛上叫這個名字的男人，跟他結婚、生小孩。我是路艾拉．湯普森，約翰．詹姆士．湯普森太太，我們只要知道這個名字就好。約翰，我比以前更愛你了。」

「我也是。」

「我好高興能這樣聊天。我一直覺得，我們倆可以無話不談，講什麼都沒關係。今天我們的對話，何止沒關係而已，對不對？我覺得我跟你更親近了。」她的眼神撇開了一會兒。「早晚，」她說，「我們必須告訴克莉斯汀。」

「時候未到。」

「還沒。對她來說，一時之間可能很難處理。至少我是這麼想的。也許她只會眼珠一轉。『好像當我還不知道似的，媽。』」

「我彷彿聽到她說話的口氣。只是結尾帶個問號。」

「有點山谷女孩（Valley Girl，譯註：原指洛杉磯的中產階級年輕女孩，多半笨笨的，物質慾望很強）的味道。」她深吸一口氣，「時候到了，我們自然會知道該怎麼告訴她，她應該知道的事情。」

「對。」

「還有，不管發生什麼事情。」她說，「我們都撐得過去。」

上個月，我在電腦前坐了兩次，面對眼前逐漸沉澱的內容，沒法增添一個字、一句話。

我很確定是上次兩番對話的結果，先跟亞登，後跟路艾拉。我花了好幾個月的時間，記下諸般心事，回憶想像、所作所為與無法開口傾吐的隱私。然後，我把這個天大的秘密，告訴我這輩子最重要的兩個人，無需再跟硬碟分享。

只是，習慣倔強如昔。總有個好幾次，我發現我坐在電腦前，勉強寫下一個句子，隨後刪去——並不是因為這個句子應該要刪去，而是因為這個句子根本不需要寫下來。呆坐良久，花些時間看我先前寫過的段落。有些時候，無所事事，勉強擠出幾個字跟句子，沒多久也刪了，最終我退出檔案，關掉電腦，下樓。

沒想到後來的發展，卻讓我覺得應該要記下來才對。我坐在客廳看雜誌，其他人收看《危險邊緣》；在我們回答最後一道問題（或者根據謎底，再提供製作單位一個新的問題）之後，路艾拉跟克莉斯汀轉去看「家園頻道」上的不知道什麼節目。亞登看了我一眼，意味深長，我放下雜誌跟著他去門廊。他告訴我，或許沒法百分之百確定，但他相信他已經把妹妹的資料從公司的檔案庫刪去了。

「也許不可能刪得一乾二淨，」他說，「因為我覺得，凡走過必留下痕跡，現在沒有任何人有辦法抹得一乾二淨。很快的，大家就會懶得理會鍵盤上的刪除鍵。但我搞定了，沒人再能取用妹妹的資料。就算以後有人把自己的ＤＮＡ寄去公司，要求比對或是近似比對，不管怎麼做，都沒法調出妹妹的ＤＮＡ來。」

他怎麼會有這種本事？

「我其實不那麼確定。」他說，「如果要證明，就得想個方法試；但怎麼做才不至於動作太大、不會啟人疑竇？我先前是這樣做的：找個律師打電話警告他們：我妹妹並未成年，她的ＤＮＡ資料，在沒得到她與監護人的許可前，不得外洩。這通電話就是律師的正式照會：在任何情況下，都不得調出她的ＤＮＡ資料，或者提供訊息給任何人，甚至不能儲存她的基因資訊。這招如何？」

「那個律師，」我說，「你找的是誰？」

「愛德華・P・漢默史密特。」

「你告訴他多少內情？」

「喔，我什麼也沒說。」

「這不可能啊。」我說，「你不給他劇本，他要怎麼演戲呢？這樣一來，不就等於告訴他，我們隱藏了不可告人的秘密？而且——」

「爸。」

「而且你到底是在哪裡找到這個人的？我不能說亞倫郡裡的每個律師都認識，但是漢默史密特，如果，我以前見過，一定想得起來，但我根本不知道他是何方神聖，所以——」

「爸？」

我看著他。

「爸，這名字是我編的。是我打電話給DNA公司的，忘了接電話的那個人叫什麼名字。我說我是愛德華・P・漢默史密特律師，專門保護未成年孩子的維權律師，而且，我嘰哩咕嚕的講很快。」

「他吃你這套？」我脫口而出，隨後停下來想想，「不過，」我說，「對方也沒有理由不信。」

「我就是這麼想的。」

「還不如你講什麼就聽什麼，免得招來你可能會採取的法律行動。這意味著：你妹的資料會從他們的系統裡消失？」

「說不定那個人也無能為力。我是說，就算他盡全力去做，真的能把傳出去的資訊悉數收回來嗎？百分之百？」

「感覺起來不大可能。」

「不是常常有人叫你忘記剛剛說給你聽的秘密？有點像那種情況吧。大家一天到晚把這話掛在嘴邊，但每個人都知道；記憶哪有這麼容易抹滅？怎麼可能做得到呢？『好吧，我忘記木乃伊剛剛親了聖誕老人一下。』只要沒人能接觸到克莉斯汀的資料，就算什麼地方又冒出她的遠親，沒有她的電子郵箱地址——」

「就跟抹滅一樣了。」

「也許吧。」他說，「反正，我覺得值得一試。」

他是個足智多謀的年輕人，我早就發現了，大概找不到比他更好的孩子了。我當然不可能計算出精確的比率，但我想，他那通五分鐘的電話，大大的提高了我的存活機率，讓我恢復好些自信。

我現在覺得安全多了，我正想這麼寫。（事實上，我已經寫下這個句子了，沒關係，別介意。）但是真的嗎？在亞登偽裝愛德華・P・漢默史密特大律師之後，我非常可能逃過基因檢測。但知道不等於感受，所以問題來了，我覺得現在比較安全嗎？

眼前，捫心自問，我更加了解自己的心態：我並不覺得更安全，因為我根本不需要增加更多的安全感——經過兩番懇談，先跟亞登，再跟路艾拉，我並不認為自己身處朝不保夕的險境。

這不能保證我就此高枕無憂。沒法減少貝克斯福爾德女屍命案重啟調查，炒熱冷門懸案的可能性，更無法阻止他們一路追蹤到利馬。

但跟他們談完了之後，確實讓我感到心安些。我現在的想法是：反正在我生命中最關心——關心到我根本不在意外界觀感——的他們，都已經知道我的秘密、還是跟以前一樣愛我，我已無懼外界的橫逆。

他們有多愛呢？可能比我想得更多。他們的先生、父親，卸下心防、較少隱藏。他們所知道的秘密邪惡殘暴至極，但他們並沒有把我當成怪物。我做出惡魔般的行徑就此洗手，有沒有可能，我已經走過那個惡魔階段，但是——

「這裡是另外一個國度。此外，那女人已然死亡。」

這是克里多夫・馬羅（Christopher Marlow，譯註：跟莎士比亞同時期的劇作家）在《馬爾他的猶太人》（*The Jew of Malta*）中的一句台詞，我壓根沒有讀過這個劇本，卻不知道在哪裡看過這個句子。它猛然撞擊我的心扉，讓我非上谷歌查個明白不可。講話的人犯了通姦罪，當然比姦殺輕得多，但是兩者的雷同度卻是難以否認。儘管，我不在另外一個國度，卻在另外一個州。而且，對，願上帝安慰她的心靈——那女人已然死亡。

我跟路艾拉說，我在坦白之前，先跟她做愛，是因為我想這可能是最後一次了。就算她接受我的過去、就算我們還能勉強維繫夫妻之名、共用一個臥室，得知詳情的她可能也不想再跟我發生親密關係。

在對話之後的一兩天，她又誇張的打了個大呵欠，自稱累到連眼睛都睜不開。之後，她又要了兩次，顯然，知道我的底細，沒有減少她的性致與熱情。

誰知道她帶著什麼新的感受上床？她知道我殺過一個女人，還能舒舒服服的躺在我的臂彎裡，勢必得把她新獲悉的消息，鎖進記憶的密室裡。

密室的牆有多難穿透呢？也許她留個小口子，也許她會進進出出，不時回味。也許想像我可能會做的事情——同時知道我絕對不會下此毒手，更能點燃她的激情。

這不就是為什麼大家會想看恐怖電影的原因。在毫無威脅性的環境裡，盡情享受恐懼的快感。銀幕上的場景很嚇人，但，恐嚇的方式卻很安全。只是幻象罷了，在大銀幕上，他們坐在觀眾席，手裡拿袋爆米花，要不就是坐在客廳沙發，手裡握著遙控器。

同樣的道理能不能解釋觀眾愛看犯罪紀實節目的心理？至少有兩個頻道二十四小

時播放這個類型的節目，一打開，就是源源不絕的《日界線》跟《四十八小時》。犯罪案件的犧牲者絕大多數是女性，這能夠想像，但我最近才知道，大出意料之外：這種節目的觀眾群，女性竟是壓倒性的多數。

在螢光幕上，總是女性被槍殺、刺死，或勒斃。殺人的總是男性，嫌疑最大的永遠是丈夫跟男友，而且，一般，都沒有冤枉他們。

看這種節目的女性，大概很難不想到自己的男人吧。他是在地下室的小工坊裡，修飾他的飛機模型、是窩在自己的巢穴裡整理郵票、是在外面遛狗，或者跟自己的哥們兒喝杯啤酒嗎？

他絕對不會像電視上的男人那樣，泯滅人性，窮兇惡極。

確定嗎？

也許有一部分的他是那樣，就算是，可關我的事？

我其實並不知道在她腦裡、心裡、最深的自我裡的一切。她顯然也不知道我最幽微的秘密，在最黑最黑的暗處，究竟有些什麼，連我自己也不知道。

「我好睏。」她會這麼說，眼神明滅不定，似乎意有所指。「我覺得你最好上床休息一下。」我一定會這麼回答。

我們貼合到人類最密切的程度；但兩個人的心思卻都飄開了些，內心響起別人聽不見的個別音樂。

下午的這個決定，讓人頗感意外，來自亞登。他決定九月到俄亥俄州大利馬校區上學。這意味著他得住在家裡。事實上，也只有這個可能，因為利馬校區根本沒有宿舍。

根據生涯顧問的建議，他申請了五所學校，全部錄取。除了俄亥俄州大利馬校區之外，讓他最心動的就是州大的哥倫布主校區，他可以直接上那裡的獸醫學院，過傳統的大學生活：看足球賽、參加兄弟會、徹夜跳舞狂歡、痛飲啤酒，或者其他至今尚存的年輕人把戲。

我以為他想趁機玩個痛快，而且，哥倫布校區提供的大學教育品質，也不是當地學校比得了的，非但能選擇的課程豐富太多，還有好些素負盛名的老師坐鎮；但他很確定在利馬念書，將來會有機會到哥倫布上研究所，這就是他的規畫。

念本地學校一年起碼可以省下好幾千塊，他這麼跟我說，住宿、伙食的費用也全都免了，此外，他可以享用媽媽的手藝，不用研究學校食堂端出來那些神秘的食物，究竟是什麼來路。

最大的誘因是：未來四年，他還可以繼續跟著羅夫實習。「畢業之後，」他說，「我可能比絕大多數的獸醫學院學生更具競爭力。羅夫跟我說過，工讀四年，我絕對有資格在哥倫布從事更原創的研究。不是那種寫在履歷表上，就能幫人施打狂犬病疫苗的學經歷，但，我覺得這樣的學習方式很酷。」

難道他不擔心會錯過什麼嗎？

「什麼？像是《動物屋》（*Animal House*，譯註：一九七〇年代風行一時的校園惡搞電影）嗎？拜託。」

所以，他會待在家裡，生活在同一個屋簷下。他的決定省了不少家用，但跟未來四年，有他作伴的天倫之樂相比，根本不值得一提。

最棒的是：他自己知道他想要幹什麼。他寧可留在利馬，並不想搬到東邊一百英里開外的俄亥俄州首府。他喜歡住在家裡。跟他媽媽、妹妹。還有我。

這下就不難決定，六月份該送他什麼。

「更何況，」有一次他這麼說，「去哥倫布上學，每兩週回來一次，每一趟都得浪費兩小時在路上，還沒算油錢，再加速霸路的耗損。我的意思是：留在家裡念書很好啊，你知道嗎？只是我不知道上學通勤會耽擱多久。」

我早就期待跟他一起執行秘密計畫，挑個畢業禮物。

我看著我最近輸入的幾行字。在我上樓打開電腦，繼續我的故事之前，不由自主的盯著亞登的那部愛車——鈷藍色、全新的現代愛蘭特拉。這是他從校長手上接過畢業證書之後，我們到學校附近逛逛，挑中的禮物。

「你確定嗎？爸。全新的？我以為你會幫我找輛二手車。」

我告訴他，等他開膩了，找個車商或換或賣，這輛車才會變成二手車。

「不可能！」他說，拍拍車子的擋泥板，「我一輩子都要留下這個寶貝。」

在一個小時之前，此人是這麼說的，「不管他究竟是誰，都不像是我曾經見過的人。」

他指的是兩張黑白照片，拍的是同一個人。第一張是一個十來歲的少年，穿著格子西裝、打著條紋領帶，一臉的彆扭，強擠出來的笑容，很是僵硬。第二張乍看是這少年的父親，但其實就是少年本身，透過藝術授權許可（artistic license）跟電腦動畫，模擬出少年變成中年男子的模樣。

他還是穿西裝、打領帶，但兩者都換了樣——應該是最近比較流行的款式吧——我想，格子條紋修掉了，看起來像是素面西裝、黑色領帶。某個動畫師用這基底，染色加工——西裝變成深藍、領帶轉為淺褐。

他的髮線高了一些，眉頭緊鎖，反映這些年來的滄桑。始終沒有改變的是他的臉部表情，看起來有點困惑、很不自在，彷彿他寧可站在世界上的任何一個地方，也不要站在照相機前面。這種表情出現在青少年臉上，順理成章；但變成憤怒的成年男子，不免有些古怪。畢竟，修圖程式都是現成的，電腦總不會在這種模擬畫面中，自動增添一段警語：「成長吧，孩子！難關要自己去克服！」

「頭條新聞，」這是萊斯特・霍爾特（Lester Holt，譯註：美國NBC電視網全國晚間新聞主播）不變的開場白，不管當天新聞是什麼、如何編排。藉由基因法醫學突破性的進展（或者，他說的是法醫基因學），塵封已久的加州貝克斯福爾德懸案，重啟調查，這起姦殺慘案已經是半個世紀前的往事；如今，嫌犯終於現身。

我們坐在客廳沙發，四個人。TiVo（譯註：內建選台器、錄影機的機上盒）默默錄下NBC的《夜間新聞》；那時我們已經吃完晚飯，清理好餐桌，碗盤放進洗碗機；之後，我們幾個多半會來看剛剛的晚間新聞，花不了二十分鐘，因為我們會把廣告快轉掉，即便是如此，克莉斯汀還是很少撐到下半場。

她坐在她媽旁邊，電視上露出那兩張照片，先是原始的那張，然後是電腦加工的那張，她往她媽身上靠了過去。我們也看到一張辛蒂・羅希曼生前的照片，這可能是世上僅存的一張。我認得出來不是因為跟我記憶裡的她，依稀相似；而是我先前看過這則新聞。

他們還查出嫌犯的名字，但用詞小心翼翼，稱呼為「疑似」殺人的羅傑．E．博登，高中畢業離家，之後沒幾年，姦殺羅希曼，隨即像煙霧一樣消失。他到底去哪裡、做了什麼事，又怎麼來到貝克斯福爾德，看來是不會有人知道了；在犯下滔天大罪前，他走過怎樣的人生歷程，也難以細究。

目前無法得知博登是生、是死，躲在美國的哪個角落；不過，根據DNA特徵比對相符的分布區域，落腳在洛磯山脈以西的可能性最大。NBC記者上氣不接下氣的在現場強調：這個案子正如火如荼偵辦中，警方有信心，很快可以取得突破性的線索。同時，還刊出一支免付費電話，請觀眾踴躍提供博登的下落，無論犯案前後，都有助於警方的追緝行動。或者認識照片中的這個人，知道他現在的藏身地點，也都歡迎隨時來電。

我們坐在原地，悶不吭聲。進廣告之後好一會兒，亞登才拾起遙控器，按下快轉鍵。克莉斯汀趁著這個空檔，頭也不回，直直朝房間走去；一直到她離開得遠了，聽不到我們的竊竊私語，明明可以講話，還是沒人開口。

我沒怎麼注意剩下的新聞內容。我的眼睛一直盯著螢光幕、我的耳朵聽著記者跟主播的聲音，但沒有任何資訊留駐腦海。我等著看他們會不會重播剛剛那兩張照片，但這新聞沒這麼重要，播一次也就夠了。

亞登關掉電視，用一個正式的宣告，打破沉默：他這輩子從沒看過螢光幕上的那個人。

我當然一眼就看出畢業紀念冊上的我，甚至還記得那件格子西裝外套跟領帶。我還有其他兩三條領帶，只是很少打。照片裡的那條應該是紅色跟深藍條紋。

至於比較老成的版本，我不知道跟我每天在鏡子裡看到的自己，相似度有多少。我自己，自然認得出來，好像是少年的羅傑・博登透過成年博登的眼睛，瞪著我似的。

但他究竟像不像歷經風霜歲月、現在的我？

不好說。

我比較確定的是：比起其他電視台，ＮＢＣ對於這個案子的專注度一定比較高。兩年以前，他們在《日界線》的某一集裡，播出包括辛蒂・羅希曼姦殺在內的三個冷門懸案專輯。當然不是說，他們擁有獨家採訪的權利，但這麼一來，有了《日界線》這個單元打底，採訪中心等於坐擁足夠的資料影片跟相關訪問，興趣自然相對濃厚。

「我們可能還會看到這些照片，」我說，「不過也說不一定。要看播出後的反應如何。」

「或者有多少人打那支免付費電話。」路艾拉說。

「我在不同時期的同學，或者自認跟我一起上過學的傢伙。覺得上週在斯波坎灰狗巴士站明明看見我，或者發現我坐在奧克蘭公園木椅上的熱心人士。鄰居暴躁難相處，形跡又詭異，比對照片，有幾分神似，說不定也會抄起電話，提供線索。」

「『滾，你們這些狗養的孩子，別站在我家的草坪上！』」亞登說。

「最理想的狀況就是，他們接了十來通電話，多半是西岸的人打的。他們還沒把線索查個水落石出，這條新聞就沒人記得了。」

「那張照片？克莉斯汀連看第二眼都懶得。」

「對啊。」

「她一定會說，『嘿，你知道這照片看起來像那個誰誰誰嗎？』口氣就跟《辛普森家庭》的狗，動作很像卻斯特一樣。但，她壓根沒開口。」

是沒有。

「也許你以前是那個樣子，但是跟現在一點都不像。」

然後，我們給彼此打氣：沒有什麼好擔心的。然後我坐在書桌前，琢磨我該信還是不該信。

真不好說。不知道該信什麼，不知道自己應該多焦慮。

就在剛剛，我在書桌中央上層的抽屜，找到鑰匙，打開下層抽屜。我一眼就看到它，卻沒有拿起來，連碰都沒有碰一下。我就只看一眼，趕緊關上。

它明明就在那裡，看了是給自己安心嗎？引伸來說，這是一個讓我能夠打開，所以刻意鎖上的抽屜嗎？

說不定。

我知道總有這麼一天。我希望這一天永遠不要來，但心裡也明白，這個結局終究難免。我並不是說：我早就知道在電視上會看到年輕時的我，也不是說，我預見那張加工過的模擬照片。

我有個親戚把自己的DNA送出去檢驗，剛好跟某個地方的某個人比對吻合。機緣湊巧，一個起點扯出一連串後續，沒過多久，他們找到博登家失聯已久的男孩子。如果《美國通緝要犯》還在，下一集也會播出那幾張照片，外帶他們不知道哪裡找來的新線索。不過這節目幾年前就停播了。

這節目播出二十五年，算是挺久的了；不過，我撐得比它還久，不是嗎？

我不知道眼前的情況還要僵持多久，也不能排除利馬的某個居民，看到照片後會起疑心。俱樂部有人認識我、店裡有人看過我、在附近散步有人跟我打過照面，當然也有人跟我一道在雜貨店裡排隊結帳。

有人可能只會覺得照片裡那傢伙有點眼熟。過一天，或者一週，突然間，他瞄了我一眼，心裡的警鈴聲大作，答案靈光一閃；就算你再怎麼閃躲，他還是把所有碎片都拼湊齊了。

然後，他會拿起電話，撥那個號碼？你當然不想捲進這種麻煩事，更不想害無辜的人平白受到牽連，但一輩子能有幾次機會偵破這種重大刑案？將泯滅人性的殺人犯繩之以法？如今，機會就在眼前，怎麼能閃躲責任？

當然，誰會這麼大費周章，把那支免付費電話號碼記下來？也許想想就算了。如果事證如此確鑿，不可能只有你一個人注意到。讓別人拿起電話代勞就好。

還是上谷歌，查下那支電話究竟是幾號？

諸如此類，沒完沒了。

我只能等待。並不容易，但這也是唯一的可能，老天爺才知道我接下來該怎麼辦？

畢竟，我已經等待這麼多年了。

距離我上次輸入，一晃眼，三週過去。

也不盡然。十九天前，影響深遠、觀眾眾多的萊斯特・霍爾特晚間新聞，播出我的高中畢業紀念冊照片。那張照片可能出現在任何地方——其他廣播網的電視新聞或者犯罪寫實頻道。我固定會看的報紙只有《利馬新聞》，如果我的照片刊在上面，後果可能就難以收拾了，唯一下場就是我被逮、判刑。

我不時會看《紐約時報》，非常偶爾也翻翻《今日美國》，但是過去三週，這兩份報紙，我連碰都沒碰。事實上，我是刻意自制，非但不肯瞄上一眼，甚至連上網查一下都不敢。我很確定這則新聞在貝克斯福爾德引發軒然大波，地方報紙的篇幅絕對不會少過NBC晚間新聞時段。但我不覺得有必要去一探究竟。貝克斯福爾德《加州人》報，想來在俄亥俄州西部不會有多少讀者。

上谷歌，打進羅傑．博登看看上面會跳出什麼來，很容易。

不用麻煩，也很容易。

我在NBC看見自己之後，的確有強烈的衝動，想要把自己藏起來。我可以盡可能不去巡店，所有時間都躲在後面的辦公室裡。我可以說自己背痛，缺席兩三次保齡球聚會；反正我的球友都是我這種年紀，經常就是坐在一邊觀戰，要不就是背痛、膝蓋無力，或者什麼老年人會出現的體能障礙。

我也可以少去幾次俱樂部、避免參加市民組織，或者多請點假，少去午餐會，或者編造些藉口——出席房地產零售大會、參加某個親戚的葬禮——離開城裡一兩週。

這麼做當然是有點邏輯的。為什麼要出沒在顯眼的地方？不是該等到時間過去，讓他們淡忘在電視上瞥見的照片？不是該把曝光的機會減到最低？

我把這個想法提出來跟路艾拉討論。她仔細考慮了一會兒。「你要上哪兒去？」她懷疑，「到了之後你又要幹什麼？」

「找個連鎖汽車旅館，」我說，「比方說印地安那或者肯塔基州際公路出口。」

「換句話說，離開俄亥俄。」

「我也正在考慮。儘管我不確定有什麼差別。至於我在那邊做什麼？應該是深居簡出。窩在房間裡、讀本書，看電視上的電影，找間最近的餐廳吃飯。」

「每次都去同一家嗎？」

「也許不是。要不，我開去得來速，在窗口點餐，或者乾脆叫外賣。」

「披薩很快就吃膩了。」

「我光用想的，都膩了。你知道嗎？這個主意不大好。」

「是不怎麼樣。」

「大家會發現有一個鮮少離開房間、叫外賣、現金付帳的人。形跡不是更可疑？一旦出門，大家一看，發現我是陌生人，看起來又有些面善，好像在哪裡見過。」

「但是呢，大家在湯普森道斯見到你、在保齡球館裡見到你，大家只會想：喔，他是約翰。」

「老好人，約翰。那傢伙真的不錯。」

「他們跟你那麼熟，根本不會浪費時間懷疑你的底細。」

「或者琢磨我這個人，」我說，「簡直浪費時間。你是對的。還是留在見到你也不會多看你一眼的地方比較好。」

所以，我就繼續過我的日子，做我該做的事情。就我看來，刻意避開眾人目光，只會引來不必要的注意力。藏在陰影裡，大家更想要看清你的模樣。閃閃躲躲，一副心虛的模樣，反而勾起大家的好奇，揣摩你到底在怕什麼。

但也不用逆向操作，刻意高調，站在聚光燈下，跟人語言交鋒，據理力爭。答案，我想，應該在兩者之間：「做我自己。」

至於做哪個自己倒是無妨。

感覺有些異樣。

距離上次改動整整一年了。我再怎麼沒時間，每隔幾天還是會到樓上的書房來。打開筆電，做大家都會做的事情：處理郵件、上幾個我感興趣的網站、不時在記錄本上填進幾個數字。

這並不像我先前的寫作，釋放出的是我的心聲。

嗯，顯然不能「放聲」。該用什麼形容詞好呢？在文字世界裡，或者是儲存空間裡，咀嚼、回味，讓我的思緒在電腦螢幕上馳騁。

我記下一些數據，維護記錄。我的體重，醫生要我多留意。還有我的血壓，我現在每天早上都得吃藥。

年度體檢報告要求我時時都得確認身體狀況。於是，亞登跟克莉斯汀送給我一個生日禮物，一個禮拜七天，每天二十四小時都得戴著，除了充電之外，不准脫掉。它一天到晚告訴我身體的最新指數，心跳情況怎麼樣，身體活動又是如何。

如果這玩意兒沒有失準，我每天至少會走超過一萬步，體能維持住了，鞋子磨損程度，也跟著加速。我不知道這種活動對於我的體重或者血壓究竟有什麼好處。有些日子，我步行超過一萬步；但總有力有未逮的時候，我也懶得想什麼別的方法去補足運動量。

而且，我還得花很多精神去注意這個勞什子。一看，喔，距離我的每日目標還少一千步；我只好找出遛狗繩，吹個口哨，招來卻斯特，帶牠到附近散散步。有的時候，我懶得管它，踱進廚房，給自己做份三明治。大體而言，我們忠實的老夥伴卻斯特比起以前，運動量大增；而我招認，我也是。

如果我記得，我會把當天的步數記在日誌裡，加上體重、血壓，還有其他必須追蹤的數據。

保齡球的分數。我正在讀的書。

零零碎碎。雜七雜八。

記錄健康日誌是一種我無需費心思去養成的習慣，而且，我的身體確實有狀況，也不好把這些麻煩事往生日禮物上一推。我打開這個檔案，從原本追憶難以啟齒的過去，記到瑣碎的點點滴滴。我明白，我的生命中某一部分，竟也經歷了如此劇烈的轉變。

我終於來到隨心所欲、暢所欲言的境界。在這裡，連以前自己難以正視，更無顏示人的隱私，都得以坦然面對。書寫過去，我自然有所選擇。但在我的手指落在鍵盤之前，每字每句，都在我心頭盤桓良久；深藏在我內心的感觸與認知，絕大部分，以各種形式，展現在筆電螢幕。

所以，當我決定不再寫作，或者寫完立刻刪除，我的注意力反而更加集中，不像先前那般渙散。坐在書桌前、打開電腦，眼睛盯著螢幕、手指靜置鍵盤，我別無選擇，只能看著我自己、看著我的生活，一點一滴的改變。

我想，這很明顯。

也許該是我把先前寫下的文字，看過一遍的時候了。從頭到尾，逐字逐句。

於是，我在這裡，打完最後一個句子，坐定，閱讀一年前的輸入，再一路捲到檔案最開頭，看著隨後的發展。無一遺漏，從一個男人走進酒吧到做我自己。

至於做哪個自己倒是無妨。

很古怪的經驗。有些段落，我一眼就能感受到，熟悉得不得了，已經成為我意識中的一部分，幾乎都能倒背如流。但有些，我幾乎都不記得了，恍如浮生一夢。

我很驚訝的是：語氣隨著時間演進，出現明顯的差異。有好幾個人接力講述這個故事似的。起初，我們聽到的是巴弟的娓娓道來，在某個時間點上，將麥克風交給湯普森先生，現在，又遞到湯普森老頭手上。此人尚稱老當益壯，經過歲月的磨練，更顯成熟穩重、深沉冷靜。

而且，依舊自由。的確可能有幾個人認得出照片裡的羅傑．博登，其中一張是他年輕的模樣，另外一張是成熟之後的假想圖。有幾個人的指認斷無可疑：他們曾經是羅傑的同學，或是鄰居。這讓他們有足夠的自信，拿起電話撥打那支免付費號碼，但是，訊息的價值卻禁不起考驗。對，我記得羅傑。你真的沒法相信他會幹出那種事情。要不，可能就是：那是羅傑。沒錯。你知道嗎？那個人有點邪氣。說真格的，我也不意外。

對。

其他線報可能比較有機會，但人力時間投注下去，終究白忙一場。有些熱心人士賭咒發誓，他們認出照片裡的嫌犯就是奧勒岡州本德超市的產品行銷助理，或者在博伊西城外一間聲名狼藉的汽車旅館值晚班，要不就是他們的隔壁鄰居，附近的小狗在他家草地上撒野，誘發他揭露兇殘黑暗的本性。

諸如此類。

有機會，是因為當地警方不敢輕忽這些線索。但注定白忙一場，追查半天，難以為繼。

有沒有人最終想到那個穿著格子西裝、打條紋領帶的人，一度換上工作服，白天在加油站幫人加油？有沒有人記得巴弟窩在酒店櫃臺後面，或者到丹尼斯點個漢堡？

就算有，我也沒聽說。

據我所知，法律的鐵腕再怎麼無遠弗屆，也沒伸出洛磯山脈，遑論越過密西西比河與俄亥俄州界。我的猜想是：州政府跟地方執法當局對於他們取得的成果，一定很滿意，偵辦突破居然登上全國廣播網的晚間新聞時段。媒體的關注讓他們覺得苦心沒有白費，我的前同學、前鄰居指認照片上的人，就是年輕時候的羅傑，想來更讓他們樂不可支。但其實這點他們不早就知道了？而蜂湧進來的垃圾消息，壓根派不上任何用場。

我能夠想像的是：一度滿滿的自信，很快就會潰散，每條線索最終都把偵辦人員引進死胡同。如果我參與偵辦，大概只能判定有關羅傑・博登的兩個事實：首先，他在許多年前，一時衝動，犯下姦殺案——但從未遭到逮捕，就此不再犯法。這麼多年？居無定所的流浪漢，膽敢動手殺人，卻始終不曾驚動警方、從來沒被起訴？

如果我是偵辦人員，一定暗自忖度這些問題、推算案發至今到底經過幾個年頭？此人現在多大年歲？終究無法擺脫宿命吧？極可能吸毒酗酒成癮，濫用暴力、衝動行事，十足十的反社會性格。

還有一件事情。這麼長的時間裡，這麼多的哥哥弟弟、姐姐妹妹，居然從來不跟任何一個聯繫？醉後打通電話發酒瘋？不需要緊急借點錢，或者借住一宿？什麼都沒有？他們聯繫所有親朋好友、健在的親戚、找得到的同學；在他殺了那個女人之後，沒有任何人接獲他的隻言片語。

唉，你算算看。這個壞蛋現在應該死了吧？你說是不是？他還活著的機率能有多高？

我確定羅希曼姦殺案依舊沒有結案。我也確定有線電視頻道，對於寫實犯罪永無饜足的胃口，不可能一直將辛蒂・羅希曼案拋在腦後，視而不見。也總會有新科技被發明出來，試圖辨識開膛手傑克的真實身分，或者確認莎士比亞劇作出自何人手筆。足夠吸引媒體炒作一時，卻不可能累積成真正的突破。

所以，看來，我真的是逃過法律制裁了。

這個晚上——其實，現在，夜晚已經過去大半，早就過了該上床的時間，趨近破曉——我在讀這段文字的此時，不免暗自懷疑：這世上真有什麼人逃得了什麼事嗎？我現在的身分、我如今的模樣、過的日子，都是一個男人走進酒吧後，旅程延伸中的一個段落。

最終，我過著富有、圓滿的人生。我確定，隔點距離來看，我還很讓人艷羨——相當成功的生意人，賺了不少錢、盡職的父親與先生，深受妻子與孩子的敬愛。

好些人看著我，恨不得能跟我交換。

至少從我的角度來看，我過得挺心滿意足的。我自己從沒預料到我的生活會是這樣安穩。我不敢期望、無從想像，甚至連做夢都夢不到。

我好像自然而然的過上了我命中注定的理想人生。

但，除非我失憶，這一切也有可能在明天戛然而止。不能擔保某個人，靈光乍現，所有的線索匯聚在一起，狐疑迎刃破解——我的天啊，那張照片！你知道他是誰嗎？

然後打那支報案電話。

永遠無法排除這種可能性。只要我一息尚存，風險便永遠存在。運筆如飛，或下筆無言。尋常人分辨不出會是哪種結果。

如果這一天真的來了，怎麼辦？

我確定那把左輪還鎖在最下面的抽屜裡。無論是誰出現在我們家門口，至少，它沒有理由不翼而飛。我也說不上來這是輕鬆的解脫，還是艱難的面對，這並不是我的選擇。

至於現在，我已然錯過就寢時間；但我喜歡小睡個兩小時，再起來面對嶄新的一天。

不管未來發生什麼事情。我有個感覺：我總是能應付過去。

後記

# 藝術的勇氣

我很高興看到《死亡藍調》在台灣問世。打從幾年前，我首次造訪之後，始終深受此地讀者熱情的鼓舞，對於我的作品如此欣賞與理解，更讓我深受感動。

創作這本最新的小說，遠遠出乎我的意料之外。歷經這麼久的創作歷程，我一度以為我跟小說已經絕緣。但是這本書堅持要被寫出來。部分評論家甚至說，這是我有史以來的最佳作品。

但卻有另外一部分人嫌棄如敝屣。

極端的好惡可以理解。有些讀者覺得這本書難以卒讀。一開場就是恐怖暴行的描述，鉅細靡遺。主述者就是行凶的惡徒，透過他的聲音與觀點，將故事和盤托出。但我得說，這就是小說的力量，小部分讀者或許難以接受。

大家經常聽到藝術的勇氣，且讓我在這裡講清楚一點。作家並不靠冒險犯難過日子。我們不會攀登世界絕頂、從飛機上一躍而出，或者力抗凶猛的野獸。作家需要的勇氣多半是內在的省思，必須膽敢直視自己的內在，冷眼旁觀人類天性的各個層面，驅策自己，檢驗難以啟齒的幽暗。

《死亡藍調》對於作者是一個嚴峻的挑戰，我想，讀者開卷之初也不免有這樣的掙扎。我很高興把這本書獻給台灣的讀者，希望你也能一樣坦然。

勞倫斯・卜洛克　二〇二〇年十二月二日

卜洛克作品系列 4

# 死亡藍調

# DEAD GIRL BLUES

| | |
|---|---|
| 作　　者 | 勞倫斯・卜洛克（LAWRENCE BLOCK） |
| 譯　　者 | 劉麗真 |
| 封面設計 | 莊謹銘 |
| 行銷企畫 | 陳彩玉、楊凱雯 |
| 業　　務 | 陳紫晴、林佩瑜、葉晉源 |
| 出　　版 | 臉譜出版 |
| 發 行 人 | 凃玉雲 |
| 總 經 理 | 陳逸瑛 |
| 編輯總監 | 劉麗真 |
| | 城邦文化事業股份有限公司<br>台北市民生東路二段141號5樓<br>電話：886-2-25007696　傳真：886-2-25001952 |
| 發　　行 | 英屬蓋曼群島商家庭傳媒股份有限公司城邦分公司<br>台北市中山區民生東路141號11樓<br>客服專線：02-25007718；25007719<br>24小時傳真專線：02-25001990；25001991<br>服務時間：週一至週五上午09:30-12:00；下午13:30-17:00<br>劃撥帳號：19863813　戶名：書虫股份有限公司<br>讀者服務信箱：service@readingclub.com.tw<br>城邦網址：http://www.cite.com.tw |
| 香港發行所 | 城邦（香港）出版集團有限公司<br>香港灣仔駱克道193號東超商業中心1樓<br>電話：852-25086231　傳真：852-25789337 |
| 新馬發行所 | 城邦（馬新）出版集團 Cite（M）Sdn. Bhd.<br>41, Jalan Radin Anum, Bandar Baru Sri Petaling,<br>57000 Kuala Lumpur, Malaysia.<br>電話：603-90563833　傳真：603-90576622<br>電子信箱：services@cite.my |
| 一版一刷 | 2021年1月 |
| 一版二刷 | 2021年9月 |

| | |
|---|---|
| I S B N | 978-986-235-884-9<br>售價320元<br>（本書如有缺頁、破損、倒裝，請寄回本社更換） |

城邦讀書花園
www.cite.com.tw

國家圖書館出版品預行編目資料

死亡藍調／勞倫斯・卜洛克（Lawrence Block）作；劉麗真譯. -- 一版. -- 臺北市：臉譜出版：英屬蓋曼群島商家庭傳媒股份有限公司城邦分公司發行, 2021.01
　面；　公分. --（卜洛克作品系列；4）
譯自：Dead girl blues
ISBN 978-986-235-884-9（平裝）
874.57　　　109018987